何紫

兒童小說

精選集 2

山邊出版社有限公司

何紫兒童小說精選集 2

作　　者：何紫
責任編輯：陳友娣
繪　　畫：ruru lo cheng
美術設計：何宙樺
出　　版：山邊出版社有限公司
　　　　　香港英皇道 499 號北角工業大廈 18 樓
　　　　　電話：(852) 2138 7998
　　　　　傳真：(852) 2597 4003
　　　　　網址：http://www.sunya.com.hk
　　　　　電郵：marketing@sunya.com.hk
發　　行：香港聯合書刊物流有限公司
　　　　　香港荃灣德士古道 220-248 號荃灣工業中心 16 樓
　　　　　電話：(852) 2150 2100
　　　　　傳真：(852) 2407 3062
　　　　　電郵：info@suplogistics.com.hk
印　　刷：中華商務彩色印刷有限公司
　　　　　香港新界大埔汀麗路 36 號
版　　次：二〇一七年三月初版
　　　　　二〇二三年三月第四次印刷

認識何紫

　　何紫（1938~1991），原名何松柏，廣東順德人，香港著名兒童文學家，「山邊社」創辦人，「香港兒童文藝協會」創會會長。在香港完成小學及中學課程，畢業後的三十年間，不斷在香港多份報刊上撰寫專欄，同時致力於兒童文學的創作與研究。曾任教師三年，再轉任《兒童報》編輯六年，並先後任《華僑日報》副刊編輯、《幸福畫報》特約撰稿人。一九七一年辦「兒童圖書公司」，一九八一年創辦「山邊社」，主要面向校園，為幼兒到大專學生出版普及性的課外讀物。

　　一九九〇年秒，何紫身患癌病；治療期間仍勤於寫作，為廣大讀者獻出他最後的心血結晶，後來因病情轉趨沉重，於一九九一年十一月辭世。

　　何紫著作甚豐，包括兒童文學、散文及自傳等。主要作品有《40 兒童小說集》、《兒童小說又集》、《兒童小說新集》、《我的兒歌》、《給女兒的信》、《給中學生的信》、《成長路上的足印》、《童年的我》、《少年的我》及《我這樣面對癌病》等。

何紫
(1938~1991)

兒童文學的九個特質（代序）

何紫

　　兒童文學雖然稱為文學，其實並不高深，一首好的兒歌，一個好的謎語，一篇好的記敘文字，都是兒童文學，我們應該好好利用去進行情意教育。兒童文學有九個特質：一、童真，二、趣味，三、好奇，四、幻想（想像），五、美感，六、情緒（哀樂），七、經驗，八、公義（品德），九、價值。一篇兒童文學未必能夠同時包含這九個特質，一般是側重一個或幾個特質上。我先說說童真和趣味。我曾經寫過一本書叫《童年的我》，內容記述我小時在香港生活的經歷。當中描述的雖然不是這個年代的童趣，但相信它仍然可以幫助學生了解在某個年代小孩子一起唱歌，一起遊戲的趣味。現在小孩子語出驚人，使人慨歎他們長大得太快，我們實在需要幫助學生重新撿拾他們的童真。兒童文學在這方面，是可以起積極作用的。

　　兒童文學的第三個特質是好奇。兒童故事常用懸疑手法引起讀者去追索，這是一種引起好奇的方法。好奇心進一步可以引發創意，最耳熟能詳的例子有牛頓發現地心吸力的故事。至於幻想，兒童文學常有很豐富的想像，兒童本身的想像力也很強，想像簡直是他們生活的一部分。想像加上童真是人一種珍貴的感情；想像又是社會進步的動力，由於有想像，進一步才有創造。

　　文學作品的第五個特質是美感。文字的美感有兩方面，一是聲音的美感。廣東雖為一隅之地，用粵語朗誦

比用普通話朗誦效果要好，教師應該把握機會給學生朗誦優美的兒童文學，把聲韻的美感灌輸給學生。文學的另一種美感是來自語言文學本身。由於作家灌注了自己的感情在作品中，所以字裏行間會流露出一種美感。我們不要以為小孩子習慣了煽情的東西，喜歡刺激，因此兒童文學裏太平淡、優美的東西，不應該讓孩子接觸，怕他們說肉麻。如何利用語文教育達到美感的教育，這對大家來說，可能是一個挑戰。

兒童文學的第六個特質是情緒（哀樂）。所謂淡淡的哀愁，有時也是一種情緒的享受。快樂固然是種有教育意義的經驗，不快樂也是一種有教育意義的經驗。教小孩子快樂之餘，也可以教他們悲涼，當然這悲哀是有層次的悲哀，是激發高尚情操的悲哀，是悲天憫人的悲哀，是憂國憂民的悲哀，對小孩子來說，悲哀的灌輸比快樂的灌輸更重要。我們閱讀帶悲涼成分的文學作品，也會產生積極的作用，特別在物質豐富的環境下，讓學生接觸適量的悲哀，可以令他們明白不應該只欣賞物質的豐裕，因此，我認為不妨借助文學中那種悲哀的力量去打動學生，提升他們的思想境界。

兒童文學的其餘特質就不再逐一細說了。總之，文學作品可以產生一種潛移默化的作用，我們應該有計劃地利用課文中的兒童文學篇章，或自選的兒童文學教材來教育學生，以培養學生的品德和建立健康的價值觀。

＊本文摘錄自何紫先生在語文教育學院的講話紀錄，原文收錄於《何紫談兒童文學》(香港：山邊出版社，1997年，第21－27頁)，收進本書作代序時曾作刪節。

目錄

> 何紫先生在後期撰寫的兒童小說中，運用了不少粵語口語，使故事變得更生動活潑，也充分反映了兒童和青少年的精神面貌。本書收錄了八篇這種風格的文章，相信精明的讀者能輕易把它們都找出來。

家庭篇

名家導讀

家暖如火　柔情似水　　　東瑞

　　讀何紫先生「家庭篇」裏的九篇兒童小說，為他一顆不老的童心和博大的家國情懷所感動。他用心地寫每一篇，在他的小說裏重新建立幸福美好的家庭，這個「大」家庭充滿歡笑、淚水、幽默、諒解，我們讀着讀着，彷彿看到小說背後他那柔情似水的眼睛，含笑看着我們，讓我們讀出了他的慈悲和苦口婆心。

　　感人之處，首先是他那種視家庭和諧、親情為無價的深情，貫穿在他的字裏行間。《媽媽沒騙你》寫小峯對媽媽「生孩子」是怎麼回事充滿不解和疑慮，在爸媽的耐心協助下，他終於歡喜地接受新生命的來到。《偏心》是寫小哥哥對妹妹被「偏心」對待產生的嫉妒心理的反思，頗有趣味。一個家庭的溫暖和完整，最重要的是包括了父母的恩愛，試讀《悶悶不樂的慧兒》裏的慧兒，如何在同學的協助下，想盡辦法令冷戰中的父母又和好如初，難道家長們讀了會不動容嗎？再進入菲菲的《童年的夢》吧！何紫先生以輪船和船塢為喻，希望遠遊讀書的兒女們永記父母恩，常回家看看。最感人的是

以七十年代金融風暴下紙幣貶值時期為背景的《所有東西都降價》，寫一家人為生活囤積日用品而發生的一系列令人噓唏的故事，啼笑皆非，笑中有淚之餘，無不被一家人的同舟共濟渡過難關所感動。

感人之處的第二方面，是何紫從不說教，他敢於批評一切不合理的東西。《童話算術》是批評當時教科書編得枯燥無味而且充滿商業色彩，有害於學生。《誰變了》批評粗暴教育孩子的父母，效果往往適得其反。《恭喜發財》借中國傳統節日的習俗，在笑聲中透露移風易俗的訊息。

讚美鄉土情懷的有《奇怪的聖誕包裹》，描述家明在美國的叔公希望得到中山小欖的一撮泥土用於種菊、家明的父親如何請假三天為他奔波的感人故事。

何紫作品中的家國情懷、熱愛家庭的觀念以及細緻入微的細節描寫和濃鬱的生活氣息，都是值得我們好好學習和仿效的。

東瑞

原名黃東濤，華文微型小說學會會長、香港作家協會秘書長、香港兒童文藝協會名譽會長，現為獲益出版事業有限公司總編輯，已出版個人著作逾百種。

媽媽沒騙你

算起來，小峯有一個星期沒有見過媽媽了。那天吃過了晚飯，電話響起來，小峯的爸爸去聽，他在電話裏說了幾句話，便說：「小峯，你的電話。」

小峯可奇怪了，是誰會給他打電話？接過電話一聽，啊，是媽媽溫柔的聲音：「小峯，你認得媽媽的聲音嗎？你做好了家課沒有？」

小峯大嚷：「媽媽？是你麼？你……你去了哪裏？」小峯說着，嗚咽起來了。

媽媽在電話裏說：「小峯乖，別哭，爸爸沒有告訴你我去了哪裏麼？」

「有，他說你去生孩子了。但是，我還是不明白，那天晚上你還給我講故事的，為什麼第二天天亮就不見了你啦？如果你真的去生孩子，應該預早告訴我啊！媽，你為什麼瞞着我走了？為什麼？你沒有騙我嗎？」

「傻瓜，媽媽怎麼知道什麼時候要生孩子呢？媽媽沒有騙你，告訴你吧，你已經做哥哥了，過兩天我回來，會給你帶一

個妹妹回來的！」

「爸爸對我説過了，但我不信。」

「你為什麼不信呢？是真的呀！」

「我叫爸爸帶我去你的地方看看，可是爸爸説你的地方是不准孩子去的，我一聽就知道爸爸在騙我了，如果不准孩子去，為什麼妹妹又能跟你在一起？爸爸還説，你的地方是間醫院。老師説過醫院是給人治病的地方，你又沒有病，為什麼到醫院去？」

「傻孩子呀！你還小，你不明白。」

「你説我小？爸爸説我大了。今天我哭的時候，爸爸説我做了大哥哥，就是長大了，以後不能哭。他説我哭，妹妹會笑我的。媽媽，如果你沒有騙我，你叫妹妹跟我講電話吧。」

「你真是傻瓜！小妹妹還在吃奶，她怎會跟你講電話？」

小峯又嗚嗚的哭起來了，媽媽忙在電話裏問：「喂喂，小峯，你哭什麼啊？爸爸不是説過，你一哭，妹妹會笑你嗎？」

「我哭！我要哭，你跟爸爸一塊都在騙我！我在學校見過陳志明的妹妹，他媽媽常常帶他妹妹來接陳志明放學。他的妹妹呀，不但會跟我説話，還會唱歌呢！為什麼

人家的妹妹會講話，我的妹妹不會跟我講話？嗚嗚嗚，媽媽，你究竟到了哪裏？你別騙我吧！你什麼時候回來？」

小峯的爸爸在一旁看見孩子哭哭啼啼的，就搶過了電話，對電話說：「好了好了，這孩子不可理喻，過兩天你回來，他自然什麼都明白了。」

第二天，有人送來了一張小木牀。小峯的爸爸說：「小峯，你看見了吧，這就是你小妹妹的牀，明天下午，媽媽帶着妹妹回來了。」

小峯有點相信了。他爬到牀底下，拉出一箱很久不玩的舊玩具，再找來一塊布，把他心愛的小鐵車抹乾淨，還有很久沒有玩的小毛熊，還有舅舅送給他的鐵甲人，小峯一件一件的抹乾淨，把它一件一件放在桌上。爸爸看見了，問道：「這些玩具你不是玩膩了嗎？為什麼又拿出來玩？」

「不，」小峯一本正經地說：「你說妹妹明天回來嘛，我準備一些玩具給她玩。」

爸爸又好氣，又好笑，但他覺得不能在這時候給小峯澆冷水，他只好說：「小峯疼妹妹，真乖，妹妹回來看見這麼多玩具，一定很高興，說你是個好哥哥！」

小峯一聽，更高興了，說：「我可以跟妹妹玩賽車，我把這架七號跑車給她，我要這老爺車，我讓妹妹。」

爸爸一聽，心裏暗暗吃驚，忍不住還是説了：「不，你千萬不要把這些鐵車送到她面前，這很危險呀！」

「危險？」小峯可真不明白了。

「唉，孩子！你要明白，小妹妹只是個初出世的小娃娃，皮肉比豆腐還嫩，她現在什麼都不會，只會吃奶和哭。你的玩具她不但不會玩，而且對她有危險，明白嗎？這些玩具要放得離她遠遠的，千萬不能放在她的牀上，明白危險是什麼意思嗎？」

「什麼！危險？啊，我明白。」小峯像個洩了氣的皮球，賭氣地把桌子上的玩具一件一件狠狠地拋回玩具箱裏，眼眶就這樣糊了一泡淚。

小峯的爸爸真的手足無措，他忙説：「好了，好了，我明白你的心意。你一定想做點什麼迎接小妹妹回來，那麼，這樣吧，你把這張木牀抹乾淨，小妹妹一定會很高興的。」

小峯真的接過了爸爸交給他的布，小心地抹拭小牀。後來，爸爸給小牀鋪上軟墊和被褥，小峯高興地要爬上小牀去，爸爸忙説：「不，要注意清潔啊，你會把身上的塵抖在這新被褥上的。」

小峯看見爸爸這麼緊張小妹妹的東西，就初嘗到一點點酸溜溜的味道了。他嶝長了嘴巴，跑開了。

第二天小峯放午學回家，看見爸爸還沒有上班，爸爸緊張地說，「小峯，伍姐給你開飯吃，你乖乖啦。爸爸去接媽媽和小妹妹回來，等會兒，你會知道爸爸媽媽沒有騙你了。」

這樣，小峯的爸爸一溜煙出門去了。

伍姐開了飯，也緊張地去做她的事了，只有小峯寂寞地在獨自吃飯。他覺得人人都在為小妹妹回來忙個不停。家裏的什麼東西都好像為妹妹回來換了新姿，可不是嗎？花瓶上插了幾株蘭花和玫瑰，桌上堆了幾罐奶粉、葡萄糖，這些昨天還沒有的。不知為什麼，小峯又有一陣酸溜溜的感覺。

門鈴一響，小峯就衝去開門，啊！真的，媽媽回來了，小峯覺得媽媽瘦了，面也蒼白了，她看見小峯，緊緊地摟着他，小峯破開喉嚨大叫：「媽媽，媽媽回來啦！」

原來爸爸跟着進來，他懷裏抱着個小娃娃，爸爸忙說：「小峯，別大嚷，這會嚇着小妹妹啊！」

爸爸把小娃娃放在那準備好的小木牀上。媽媽說：「小峯，你來看看你的小妹妹吧，你要相信媽媽沒騙你，媽媽真的去生孩子。」

小峯走到小木牀邊，看見那被衣服和被子包裹得綿綿密密、只露出圓圓小腦袋的妹妹，他好奇地瞪着眼定

神看。啊，這就是自己的妹妹？怎麼跟同學陳志明的妹妹不同？就是這小寶貝叫一家人都忙得緊緊張張的？小峯看着、想着，忽然扮一個鬼臉，說：「嘿，妹妹！你就是從媽媽肚子裏爬出來的小怪物嗎？」

爸爸和媽媽都哈哈大笑。媽媽說：「小峯，你看着這小妹妹，就好像看見你自己初出世的樣子了，她的樣子跟你是一個餅印的呢！」

「真的？我小時候也是這個樣子？」小峯瞪圓了眼睛問。

「就是這樣嘛！」媽媽忽然像還有點害怕的說：「想起來，這女兒比你乖呢。我生你的時候，痛足了大半天，褲褲都給汗水和淚水濕透了。這個女兒呀，媽媽痛了不到一小時，她就乖乖地出來了。」

小峯聽得呆了，爸爸說：「別說這些話了，孩子聽不懂的。」

誰說孩子聽不懂？小峯聽了，好像自己真的忽然長大了。他摟着媽媽說：「媽，你辛苦了，去睡一會吧。」

媽媽說：「不，到時間了，我還要給小妹妹餵奶。」

小峯在一旁，他看見媽媽可真忙啊，一忽兒，娃娃哭了，媽媽說她撒尿了，要換尿布；一忽兒，又說到時間餵奶，小妹妹吃得真慢，媽媽耐心地等她吃了一瓶奶，又替她慢慢撫摸背脊，媽媽說這樣做能幫助妹妹吃的奶嚥下胃裏。那天一夜，小峯睡醒幾回，張開眼睛總看見媽媽睡房裏的燈還亮着，有時還聽見小妹妹在啼哭。

有一天，小峯走到媽媽身旁，認真地問：「媽媽，真的？我小時候也是這樣的嗎？」

媽媽慈愛地說：「一樣，嘴兒是一樣的小，鼻子一樣的扁，張開眼看不見媽媽就淚汪汪的。」

「不，我不是說這些。」小峯說，「我是問，我小時候也是這樣麻煩你。要你一天到晚照料嗎？」

「傻孩子，」媽媽撫着小峯的頭説：「做媽媽的一定是這樣照顧孩子，這算什麼麻煩？」

小峯緊緊摟着媽媽，疼媽媽的臉。他真的是個大哥哥了，他很多事都是做了哥哥才明白啊！

19

偏心

上常識課，周先生説人的心臟略略偏向左邊，這樣，我才明白，原來人天生是偏心的。比如班主任劉先生就偏女生，這是女生也承認的事實。遠的不説它，就拿最近一件事來説吧，那一堂國語課，劉先生突然因事沒有來上堂。（後來聽説是偉然的爸爸因偉然記大過的事來找班主任談，偉然的爸爸硬不讓劉先生上課，要跟他談明白了才行，這樣一談就是大半堂了。偉然常常欺侮低班的同學，其實記大過是罪有應得，聽説他爸爸來求情，説不要寫在手冊上，因為會影響偉然下學期移民到加拿大找學校的……這些事我都是聽來的，不大了了，總之，劉先生那一堂課沒有來上就是了。）我們聽見了，都高興得嘩嘩叫，説要到操場玩，後來，男生都去了，只留下女生不去，我們在操場上玩兵捉賊，玩得真痛快，阿基仔上過課室一次，因為要到課室去拿留在抽屜的手帕，沒有手帕，就不能蒙着臉扮大賊了。可是，後來最後一堂課，劉先生責罵男生不守紀

律，溜到操場去玩，所以每個男生都要受罰，在手冊紀律一項上打了個三角，要知道打三個三角就要記一次小過的，我們男生都不平，阿基還舉手向劉先生訴說，他說道：「女生在課室裏也不守紀律，我上來看見過她們，有的女生在講壇前寫黑板，還在黑板上畫大烏龜，也有人在大嚼香口膠。」可是，劉先生就是不理，說女生留在課室，就做對了，男生沒有得到允許溜出課室外，就是犯規了。下課後，我們有的男生竊竊細語，都說劉先生偏心，偏女生偏得過分了。

除了劉先生偏心，還有教英文的密斯張也偏心，看看她上課，容易的問題就問袁景華，問葉敏兒，讓他倆回答得清脆、威風，難的問題呢，就喜歡問我，我一時慢了舌頭，答不上，她就責備我。為什麼難的問題又不去問敏兒？真氣人！上次英文測驗卷派回來，我看過後邊的洪美英，她串錯一個字扣三分，可是，我串錯了字扣五分呀！真是偏心偏得離譜了！

不過，說起了偏心，最偏心的要算我爸爸，我媽媽也有點兒偏心，不過比爸爸好些。比如，爸爸就從不打妹妹，她不小心打破了碗，就急忙把妹妹拉開，叫她小心碗的碎片。可是，我不小心打破了碗，他就惡狠狠地罵我，說我碗也拿不穩，不中用。爸爸放工回來，就要我拿功課給他

看，看見我的功課不好，就教訓我一頓。可是，他是從不叫妹妹拿功課給他看的，雖然妹妹考試成績比我好，但她驕傲，不尊敬我這個大哥，記得先生教的成語有一句是「驕兵必敗」，她是一定要失敗的，爸爸媽媽偏她，看她將來失敗就好笑了！

現在，明白了，什麼都明白了，周先生拿出掛圖，指着人的心臟，說：「心臟就在這邊，它不在正中，是稍微偏在左邊的。」看，這就是偏心啊！

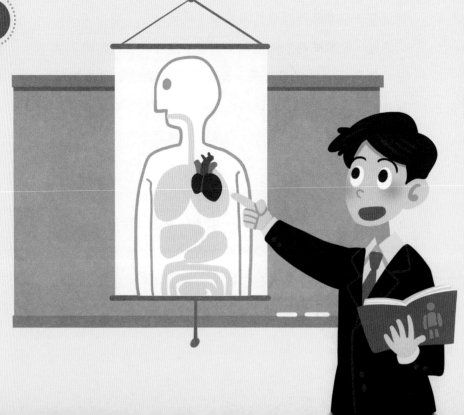

放學回家，看見妹妹聚精會神做功課，我故意在背後「吼」一聲，她嚇得震一下，回頭看見我，就哭了。我回頭看看房和廚房，媽媽不在，我就叫：「哭吧，哭吧！説我野蠻打你，叫爸爸回來打我吧，反正他們都偏心，偏你偏得要命！」後來，妹妹抹了淚，止了哭，不管我，又做她的功課了，我往後邊看看，見她寫字認認真真的，寫得很好，又想起我今天派回來的抄書簿，只有「丙」等，媽媽看見，又一定罵我的字連二年級的妹妹也比不上了。想着我就氣，故意撞她一下，看見她寫的字忽然劃出了界，心裏就有點高興，妹妹這回沒有哭，轉過頭來，瞪大眼睛望我，我大聲説：「不認得我嗎？死妹釘！」她又再瞪我，我就突然扯着她的頭髮，搖她的頭，她給扯痛了，放聲大哭了，我才放了手，媽媽這時候剛好開門進來，看見妹妹掩住頭哭，就菜籃也不放下的跑到我跟前，説：「怎麼，又欺侮妹妹了，不害臊嗎？爸爸回來你就知味道了！」我一聽，就發脾氣了，幸好媽媽還容我有發脾氣的機會，我瞪着眼、亂抓頭的大嚷：「你們偏心！偏心！你剛剛回來，又沒有看見我有沒有打人，只看見妹妹哭，就指出是我不對了，統統都是我不對！下次你回來，我也大哭，你會不會説妹妹欺負我？偏心！偏心呀！」媽媽看見我大吵大嚷，居然呆了一下，然後説：「好了，好了，你沒有打

妹妹，我説錯了。希望你兄妹倆常常和睦友好我就安心了。」説完她就到廚房去了。

爸爸不久回來了，不知為什麼。我心裏不期然呼呼地跳，怕妹妹「告狀」，説我打她，我叫了聲爸爸，就望着妹妹，可是妹妹沒説什麼，我才安心下來，不過想起今天派回來的抄書簿給先生畫了兩條「大杉」，得個「丙」等評分，心裏又不安了。

爸爸換了衣服，就説：「阿強，拿今日的習作給我看看。」我心裏又是怕，又是不平了，為什麼爸爸不叫妹妹拿功課出來？我正要拿功課，妹妹卻搶着在我之前把習作給爸爸看了，我看見心裏又氣了，怪妹妹拿她的好功課給爸爸看，好「映衰」我的功課吧！爸爸看了，滿意地撫撫妹妹的頭，我斜眼瞥過去，看見她抄的生字有幾個寫出了格，我知道是我今天故意碰撞她讓她寫壞了的，但奇怪爸爸眉頭也不皺一皺，這樣，我心裏又氣了。

我把功課送到爸爸面前，爸爸看了看，又把抄書簿翻到前一頁，這回，他看見我上次的抄書寫得不好了，就嚴厲地説：「看！抄書抄成什麼樣子，字是人的衣冠呀，為什麼你總是牛皮燈籠*？」我沒有望爸爸，卻厲眼去看妹

---

*牛皮燈籠：粵語中有「牛皮燈籠──點極唔明」一語，意指人愚蠢、悟性低，怎麼教都學不會。

妹，妹妹好像同情我的樣子，瞧着我，看見我厲眼盯她，她就急忙回轉身了，爸爸看見了，動氣地說：「什麼，我在教訓你，你聽見不聽見，你這樣看妹妹做什麼，要打架嗎？」

這時候，媽媽出來了，她看見爸爸生氣，忙打岔說：「快吃飯啦，阿強，進廚房去給我拿枱布出來。」我急忙放下簿，走到廚房去，避過爸爸的火焰。一會兒出來，看見媽媽在爸爸身邊說什麼，她看見我，又往飯桌弄碗筷去了。

吃飯的時候，爸爸不說話，以前他偶然會囉嗦我把飯粒跌在桌上，又說我夾菜夾得沒規矩，「飛象過河」*，今天他沒說話，我倒納悶了。

飯後看看電視，我就上牀睡覺了。關了燈，我在被子下面的黑暗世界裏，有機會靜靜地想想今天的事。我突然覺得全世界的人都偏心，都偏袒別人，專門挑我的缺點，我越想越生氣，氣得大概發昏了，所以，今天媽媽買菜回來責備我一句，我一定表現得像瘋狂了一樣，我還故意打妹妹，其實我是欺侮她，媽媽一點也沒怪錯我，只是我故意嘴硬罷了。我的功課也的確沒有妹妹做得認真，我的英

*「飛象過河」：指人吃飯夾菜時不夾自己面前的食物，特意夾別人面前的食物，人們認為這是沒有禮貌的行為。

文也實在是不好，跟敏兒、景華他們比是叫人慚愧的，但我都推到「偏心」上去，説爸爸偏心，英文先生偏心，然後完全原諒了自己的缺點了。我在被窩那黑團團天地裏，我好像看見了自己了。

想着我就沒有睡意了，走出廳去，聽見爸媽房裏傳出細碎的聲音，我禁不住走近門邊，聽見爸爸媽媽在説話。我聽見爸爸在歎一口氣，説：「真的？你看見阿強雙眼滿是紅筋，像充滿了仇恨？」媽媽説：「我也嚇了一驚，他的樣子真可怕，像瘋了，他的手上還黏有妹妹的頭髮絲，妹妹掩着頭叫痛，但也怕得發抖。這情形叫我擔心死了！」

「我也看見他恨恨地看着妹妹的。」爸爸説，「不過我沒想到那麼嚴重，唉，偏心偏心，我真的偏心嗎？他是大兒子，將來他是最早要接我班的，我就心急着希望他成才啊！咳咳咳……」接着是爸爸發出的咳嗽聲，我怕他會出來，急忙走開了。我跑到洗面間去，對着鏡子照照，看看自己的樣子，學着今天瞅眼看妹妹的神情，果然，那樣子很可怕，移近鏡子看看眼睛，也果然看見一些紅筋布在眼白上。我真的變得這樣可怕嗎？啊！我急忙關了洗面間的燈，不願看見鏡子裏自己的樣子，溜回房裏，看見妹妹在鄰牀睡得熟，被子也踢翻了，我拾起被子，給妹妹蓋上，

她忽然抖動一下，夢中還像很害怕我這個哥哥，我急忙放下被，回到我的黑團團的被窩裏了。

張向明喜歡嘩啦嘩啦叫，你是知道的；但張向明轉了性，這學期變得沉沉默默，常常是悶聲不響的，你也許不知道是什麼因由吧？

上學期他剛拿了成績表，班主任就教訓了他好半天，最後説：「你好自為之，現在是上學期，還有一個學期時間讓你亡羊補牢，下學期成績表上還是紅字斑斑的話，就調到 E 班去，你知道啦，ABC 三班是會考班，D 班還可以選些做後補，E 班就是肥佬薑*，哼哼，好自為之，好自為之！」

張向明的成績表上其實算不上紅字斑斑吧，只是數學和中史赤字，不過幾科主要科都在不合格邊緣，屬危危乎之類，這次大考，張向明確是花了精力的，考試前兩個星期天天十二時才睡覺，上學之前在車上的二十分鐘也沒有浪費，唸着那些數學公式，唸着那些歷史大事年表，強記着

---

*肥佬薑：考試不及格的人。

一大堆化學方程式，還有中文的十家九流，論語孟子……

張向明拿着成績表回家，爸爸看見了他，就說：「向明，怎麼像個鬥敗公雞？今天回家不是嘩啦地叫了？」

媽媽在一旁說：「還用問，今天派成績表嘛。對門的昆華早就拿成績表回家了，楊太太老遠看見我，就說昆華考第三。昆華唸 A 班，向明唸 B 班，聽說 A 班的質素比 B 班好。每年 A 班的學生大部分會考合格的。向明，你能學得人家一半就好了。」

向明聽媽媽這麼說，氣得再不能沉默，爆炸道：「我不行，我不行！人家什麼都行！我的成績表你還沒看過，為什麼就料定我比人矮一截！」

媽媽一聽，不做聲了，緊閉着嘴。爸爸說：「好了，那麼就看看你的成績表吧。」

向明一聽要看他的成績表，剛才爆火時候的威武又消失了，他垂下頭，從喉頭吐出洩氣的話：「不用看了，連昆華一半也不如！」

「什麼？賭什麼氣？拿來！我就要看！」爸爸忽然發威，咆哮起來。向明不禁顫慄一陣，悶聲不響的把成績表拿出來了。

爸爸脫下老花眼鏡，把成績表攤在手掌上，左看看，右看看，然後十分嚴肅地說：「向明，還有一年就會考了，

你應該比我更清楚，這一年比什麼都重要。你能在那金字塔式的學校裏一直掙到 B 班，實在是僥倖，唉，我怕你在最後一年要垮下來了，連參加會考也沒你的份兒。」

向明心裏嘀咕着，爸爸的話和班主任的話一個樣，都是會考呀，重要的一年呀，今天給班主任教訓半天已經煩死了，向明禁不住説：「爸爸，知道啦！我知道啦！」

爸爸一聽，看見向明一臉不耐煩的神情，氣得舉起手掌，真想一巴掌打下去，向明呆呆的瞪着爸爸，爸爸把手向前一甩，頓下一腳，説：「哎，氣死我啦！你這麼大，還不懂事，就是會駁嘴，就是會嘩啦叫，叫呀，叫呀！一天到晚的叫吧！」爸爸説到這兒，看見桌子上一個小糖罐，他把罐子打開，把裏邊塞滿的巧克力倒出來一大半，讓罐裏只剩下幾粒，然後把蓋蓋上，又説：「看呀，你就像這罐子，裏邊只有這麼一丁點！」説着就把罐用勁搖起來，發出叮叮噹噹的響聲。「聽呀，沒料的罐就會大聲的叮噹響。」爸爸又把蓋打開，把巧克力塞滿罐裏，把蓋蓋上，這樣又搖起來，現在罐裏沒有什麼聲音了，爸爸説：「看呀，充實的人不會嘩啦嘩啦響的！你改改你的脾氣，老老實實，認認真真，把書唸好吧！」説完，他把成績表擲回給向明，轉身回房裏去了，向明呆着不動，就讓成績表攤在地上。

媽媽上前把成績表拾起，説：「向明，你學昆華一半就好了，人家考第三，你⋯⋯」

向明用勁甩一下頭，走到廚房去。他十七歲了，但也忍不住流下淚⋯⋯

就這樣，向明轉了性，變得常常一天到晚不響一聲，媽媽罵他十問九不應，媽媽又説他變成了「無聲狗」。不過向明在爸媽眼裏，也確是加倍用功了，晚飯放下了飯碗，就捧起了書本，常常呢喃呢喃的在背誦些什麼，到深夜十二點鐘後，還見他埋頭在桌上寫寫做做，起初，爸爸也讚他幾句：「向明，這樣做才好！」媽媽也在人前人後説：「向明生性了！」可是，幾個月裏向明在家裏不言不語，甚至笑也不笑，媽媽反而擔心起來了，媽媽叫他幾句也不應，就氣起來説：「怎麼，你啞了嗎？」向明就故意把唸書的聲音唸大聲一點，算是回答媽媽，他沒有啞。

媽媽終於耐不住，有一天到對門去，去找跟向明同級不同班的楊昆華。

「昆華，你了不起，成績好，考第三，人聰明，會考一定幾優幾良不用説了。唉，我的向明可蠢鈍了，最近還變得不言不笑。昆華，你雖然跟他不同班，但總是一間學校，又是好朋友，你知道他在學校是不是也變得孤孤僻僻？」

「我不大清楚，現在功課十分緊張，不關我的事我管不了啦。不過這半年向明見了我也不睬，我們早就不是好朋友了！」

向明的媽媽聽了搖搖頭，輕聲歎息說：「縱使不是好朋友，也是從小一塊長大的鄰居，你幫幫我，了解了解他在學校的情形吧。謝謝你了，我不妨礙你溫習功課啦。」

這樣，向明的媽媽偶然出門碰到昆華，就問：「向明在學校怎樣？」

「我不知道。」

問過了兩三次，不得要領，向明的媽媽也沒問了。

有一天下午，向明的媽媽做好了家務，翻開剛派來的晚報看看，港聞版上幾個矚目的字使她呆住了：「不堪功課重壓，學童跳樓喪生。」她再細心看看內文，雙手不禁顫抖起來，因為……因為那上演悲劇的主角，也是忽然沉沉默默了好一段時間，那情形和向明太相像了。

向明的媽媽立即搖了個電話給在辦事處的丈夫，不知為了什麼，她聽見了丈夫的聲音，就禁不住哭泣起來，帶着淚說：「向明他……他……」張先生一聽，急說：「我立即回來！」就把電話掛斷了。

張先生不到十五分鐘回到家了，他撲進屋裏，驚惶地問：「向明呢？他怎麼樣？」

向明的媽倒給丈夫的驚惶相嚇呆了，説：「怎麼？向明怎麼樣？他不是在學校嗎？」

　　張先生聽了頓頓腳説：「那麼你剛才哭着打電話給我幹嗎？」

　　原來張先生也剛剛在看報紙，也看到那段新聞，心裏正有點不安，就在這時候，接到太太哭着打來的電話，他的腦神經就馬上接到向明出了意外的設想去了。

　　「都是你！」向明的媽媽埋怨地説：「上學期他派成績表回來你兇得像要宰了他吃！」

　　「別只怨我吧，你總是罵他不如昆華，他總有自尊心呀！其實他上學期也很努力的，為什麼不給他一點鼓勵呢！」

　　這時候，門鈴響了，向明的媽説：「別説了，向明回來了，我們要多給他鼓勵吧！」

　　「不，還鼓勵他死讀書，他的負擔就更重了。」

　　門鈴又響了，張太太忙去開門，來人不是向明，卻是對門的昆華。

　　「張太太。」昆華有點緊張的説：「你一直叫我了解向明在學校的情形，今天放學的時候，我碰上了他，我問他今天代數考得怎麼樣，他聽了，忽然舉起拳頭要打我！我高聲説：你打我，我告訴老師。他就更兇的向我胸口打

了一拳，然後朝另一邊路跑了。」

張先生聽了擠過來，說：「怎麼，向明朝另一邊路跑了？朝哪邊的路？他跑到哪兒去？」

「我怎麼知道？他打我一拳打得好痛呀！」

張太太更慌張得顫抖了，說：「是是，是向明不對，他不該打你，但是，快告訴我，他跑到哪兒去？」

「他向海邊那兒跑的，哼，他打我，這可不行呀！」

張太太和張先生急忙跑出屋外，一邊向昆華賠不是，一邊兩口子揚着手向外邊跑去。

沿着海邊走，只見一些乘涼的人坐在海邊的長椅上，太陽已經墜到西邊，天空紅裏混黑，還有大片從對岸的工廠煙囪裏噴出來的黑煙，晚霞、夕照和烏煙，染成這海港的黃昏景色。

張先生、張太太張皇地四處找，就在幾級石階接近海水的那邊，有幾個人在水邊釣魚，呀，那個高高瘦瘦的不是張向明嗎？他還在釣魚。

張先生和張太太立時鬆了一口氣！張先生躡着腳沿石階走下去，他看見兒子在全神釣魚，書包就擱在高幾級的石階上。如果是以前，他也許會大喝一聲：「向明！你搞什麼鬼！」可是，今天他變了，他心裏也確實輕鬆多了，兒子並沒有如想像中失了常態，他還在釣魚了，哈哈，像

所有可愛的少年在玩他喜愛的事，他禁不住輕輕叫一聲：「向明。」

向明回頭一看，啊！爸爸！他嚇得手裏的魚絲也掉到海裏，垂下頭伸手去抓書包。

向明的爸爸忙抓住他的手，説：「別忙，別忙啦，爸爸也是來釣魚啊！看，魚絲溜了。」

「向明！」向明循着聲音抬頭看，呀，怎麼媽媽也來了。

「向明，釣到什麼魚？釣到石斑嗎？我也來釣，釣幾斤泥鯭今晚煲泥鯭粥吧！」

向明真的呆了。不是他變，是爸爸媽媽變了，看，一直嘮叨他唸書不勤力的雙親，真的，拉起衣袖，牽起褲筒，跟他在夕陽下一起釣魚了。

悶悶不樂的慧兒

慧兒最近老是悶悶不樂，她的老友卡門問她：「悶乜鬼嘢，最近肥咗幾科？」慧兒白她一眼，説：「我會肥咩？讀書冇嘢使我悶！」「咁！點解最近唔見你笑，又唔多出聲。」

慧兒搖搖頭，不想答覆卡門，卡門沒趣地走開了。

最近，慧兒的爹哋媽咪反晒面，兩個人相處時面黑黑，常常叫慧兒傳話，不肯面對面講清楚。上星期起，媽咪晚上到她房裏，與慧兒同牀了，唉，是什麼事情，使父母關係越弄越僵？問媽咪，她就説：「問你個萬能老竇啦！」問爹哋，他就説：「問你個好媽咪啦，唔好煩我！」

這樣，慧兒怎能不悶悶不樂呢？

老友始終係老友，卡門沒有放棄，她還聯絡了張綺華、陳琪琪，三個好朋友向慧兒圍攻。

一個周末，她們拉慧兒出來，在尖東海邊，三個女仔神神秘秘，輪着在慧兒耳畔私語。

不知道三個人輪流唸乜經，慧兒竟哭了起來，淚水流到面上，她們忙用紙巾替她抹拭。

「慧兒呀，慧兒，釋放你自己吧，把悶事讓我們與你分擔！」

朋友的真誠，終於解開了慧兒結了冰的心。

「唉，説來話長，你們誰有這種經歷？爹哋媽咪反晒面，我怕是家變的訊號！」

琪琪説：「我爹哋媽咪偶然亦會吵架。但多數爹哋賠不是，幾日後就雨過天晴，仲好過舊時，煙韌起來，我都冇眼睇。」

慧兒説：「你就好啦，我爹哋媽咪用沉默來冷戰，互相不瞅不睬，我在夾縫中，難受極了，冷戰差不多一個月啦，你話我點會開心呢？不但悶呀，簡直痛苦！」

綺華説：「我看沉默相鬥比拍枱擲東西相鬥好一些。只有你能使他們打破沉默，慧兒，我們這裏有三個臭皮匠，可以合成一個諸葛亮呀！」

結果，她們終於想到一個辦法。

「好似冒險啲嘢！」慧兒擔心。

「冇冒險精神點去修理呢單大 CASE ？」卡門説。卡門一向鬼馬，又夠膽夠放，常常膽粗粗做大事。

第二天是公眾假期，卡門大清早就出門了，當時父母

還在睡夢中，卡門躡着腳步出門，三隻嘩鬼已在樓下等她。

慧兒看見老友，説：「喂，我好驚呀，我唔講慣大話，我怕會露出馬腳。」卡門説：「好啦，好啦，你不會嗎？飲了我帶來呢杯肚瀉藥，那就似真的了。」她想得真周到，連藥水都帶來了，慧兒苦着臉，一飲而盡。

「好啦，好啦，第一步成功了，立即叫的士，我怕走慢一步，你會在的士裏拉屎！」

慧兒掩面，的士來了，四人衝進車裏。

「瑪麗醫院急症室，司機請駛快些！」

來到急症室門前，慧兒果然覺得肚痛難耐，醫生見她面青唇白，立即收容慧兒入院。她飛奔到廁所，拉了有十分鐘，心裏想：「卡門的屎橋害苦我！」

　　跟着，第二步，琪琪到醫院的公眾電話亭打電話，電話響了很久，才有人聽，是女聲，她立即說：「你是慧兒的媽媽嗎？她今日同我們去旅行，半路忽然肚痛，痛到面青唇白，我們把她送到瑪麗醫院，她是在 C 座二樓 X 號牀，她在大叫媽咪呀！」果然她急忙放下電話飛車來了。約五分鐘後綺華又打電話到慧兒家，是他爸爸剛睡醒的聲音，綺華照樣把慧兒進醫院的事說了一遍，又說，她在牀上大叫「爹哋呀」。爹哋大吃一驚，又飛車到達了。終於，為了女兒，他倆打破沉默，家變危機過去了！

　　這條算術叫仲山又搔頭又咬筆桿又豎手指又畫圖畫又砌牙簽。因為以前他不會做算術文字題時，便搔頭、咬筆桿，爸爸看見了，就說：「搔頭不會搔出答案，咬筆桿不會咬出得數，這些動作對你沒有幫助，你又何必浪費這些動作啊！」仲山把手一攤，說：「爸！我不會做！五碼布，縮水了兩寸，哥哥裁衫用了三分一，弟弟比哥哥少用一尺布做了個布書包，還剩多少布。爸爸，你看，布又縮水，又裁衫，又做書包，又有分數，又要化名數，麻煩死了！」

　　這樣，爸爸就拿出牙簽，他說：「你應該比劃比劃啊！比如，一根牙簽代表一碼布，那麼，五根牙簽連起來，就表示五碼布，現在縮水了兩寸，你便把一根牙簽頭折斷一丁點，然後再按題意按部就班假設，這樣，一定對你解題目有幫助的。」

　　爸爸這方法真靈，果然用牙簽砌砌拆拆，就把難題解決了。以後仲山就常常用這辦法來解文字題。後來，仲山又遇到一

些什麼水流問題，行程問題，這些用牙籤比劃不來，仲山又故態復萌，又是搔頭，又是咬筆桿，爸爸說：「不能用牙籤比劃的，你可以劃圖畫呀，在格仔紙上劃一條河吧，用一格代表一里行嗎？總之，比搔頭咬筆桿有用啊！」

這樣，仲山試試用畫圖的辦法，有時，還畫公仔，比如說：爸爸今年六十歲，小兒子比他少四十七歲，大兒子是弟弟的年歲的一倍少五歲，問弟弟現年幾歲。這樣的問題，仲山就要畫一個滿面鬍子的伯伯，當做是題目裏的爸爸，因為這爸爸六十歲，也應該是一把鬍鬚了吧；接着，

畫一個啜着手指頭的孩子，這算是小兒子；然後畫一個瞪眼拿着足球的大孩子，算是哥哥。仲山在鬍鬚伯伯的嘴邊畫一個圈圈兒，寫着：「我今年六十歲。」算是他說的話，然後那小孩也說：「我比爸爸後四十七年才出世。」他的哥哥說：「那小頑固的年歲乘二減五是我的歲數！」仲山一邊畫，一邊笑，因為他的弟弟也是愛啜手指頭的，媽媽常常在他的指頭上塗些藥油，使他啜指頭時覺得又苦又辣，但媽媽說弟弟比老頭子更頑固，他辣得流出淚了，但他還是把拇指頭塞滿在嘴裏，不肯拿出來，於是，仲山就學着媽媽的語調，叫弟弟做小頑固了。媽媽看見仲山對着算術書，一邊在畫公仔，還一邊笑起來，她就搖搖頭說：「學壞師！跟這個爸爸學做算術要畫公仔的，將來參加考試，看你哪來的時間做一題畫一幅公仔！」不過，仲山也的確從畫公仔的比劃裏，明白了一些難解的算術文字題。

但是，這一次畫公仔也不靈了，砌牙簽也不靈了，搔頭咬筆桿更不管用了！這是什麼難題呢？原來這算術題是這樣寫的：

一包米，重一百斤，每斤入價一元一角，現在摻入每斤六角的米三十斤，賣出時每斤一元三角，問把米售出後可賺多少錢？

這是老師派發的補充題，學期初就每人派一本，收回

講義費每本四元。（相信這也是一題叫學生難解的算術題吧？）老師說這些題目是大考的預備題目，所以，仲山每一題都認真做，當然不少是不用畫圖畫、不用砌牙籤就做好的，但也實在有一些叫仲山傷透腦筋也做不來的，像這題算術，什麼摻入呀，賺多少錢呀，就叫孩子不易懂了。

仲山拿去問爸爸，爸爸還沒有看題目，就接過仲山的鉛筆，拿起白紙，說：「畫公仔吧，畫圖畫總可以比劃出來的！」爸爸說完，就動手做給仲山看，奇怪，他也搔起頭來了，他也不自覺咬起筆桿來了，他以前告誡過仲山，說這些動作是「浪費」，為什麼他也「浪費」起來呢？

「爸爸，你說呀，什麼叫賺多少錢？怎樣賺錢呢？又怎樣在一元一角一斤的米裏邊摻入六角一斤的米呢？」仲山問。

爸爸想了一想，說：「一元買進來的東西，一元一角賣了出去，這樣把賣出去的價錢減買進來的價錢，那得數就是所賺的錢了。」

仲山一聽，像忽然明白了些什麼，說：「我明白了，上次你說我給電視機害得功課不好，把電視機賣了給高叔叔，那麼你賺了錢啦！」

爸爸拍拍後腦，說：「喂，你怎麼算的？我們的電視機買回來是一千塊錢，我讓了給高叔叔只收兩百塊錢，你

算一算，把買進來的價錢減賣出去的價錢，我是不是賺了錢？」

仲山豎起了手指，用十個指頭表示一千元，那麼，減二百元，就餘下八百元，仲山說：「你賺了八百元！」爸爸說：「氣死了！是我虧本八百元才對，是二百減一千，不是一千減二百呀！」仲山搔頭說：「怎麼，我不明白，怎麼還有虧本的？」

媽媽在一旁弄着晾乾了的衣服，一直沒有做聲，可是，她聽爸爸這麼說，就插嘴了：「什麼虧本不虧本？那電視機仲山唸幼稚園那年買的，看了六年多了，有人出二百元承受了那老爺機，還說虧本？這是什麼話。」

爸爸一聽，發脾氣了：「喂！我只是教兒子做算術，隨便說個比喻！好了，好了，我說得不對，你來教他做這道什麼撈什子的奸商算術吧！」

媽媽把一大堆洗淨的尿布摺好，拿進房裏去，然後一邊出來一邊說：「仲山的好爸爸，你動什麼氣？這樣的算術題也確實教壞人。出算術題的人為什麼不先唸唸兒童教育和兒童心理，連算術也不放過教兒童財迷心竅，香港的教育真難懂！」

仲山聽爸爸在理論什麼，就不耐煩地說：「爸，怎麼樣，我明天要交算術作業的，你不教我，我怎麼交？」

爸爸説：「這一題空着吧！」

仲山説：「空着？那怎行！老師會扣分的。」

媽媽説：「不空也可以，在這題算術下面寫：『這個米商給顧客告到消費者委員會去了，下文嘛，就是消委會的先生大人還在調查。』」

仲山哭笑不得，爸爸卻哈哈大笑。仲山説：「你們總笑人，如果由你們出算術題，你們會怎樣出呢？」

爸爸不提防孩子這樣問，他停了笑聲，想了想：説：「我出一道文字題是這樣的：兔媽媽開墾了一個菜園，收成了一百斤紅蘿蔔，牠把三分之一送給幫牠除草的松鼠叔叔，把餘下的二分之一送給幫助牠澆水的鴨媽媽，那麼兔媽媽還有多少斤紅蘿蔔呢？」仲山聽了，拍手説：「好哇，那麼上算術堂就像上故事堂了！」

媽媽忍俊不禁，説：「不實際！算術應該跟日常生活的問題結合起來才行吧。」

爸爸説：「分紅蘿蔔，這不是生活問題嗎？我只是把題目氣氛攪得趣味一點罷了。嗯，我還可以出一道童話題目：小木偶説一句謊話，仙子就叫它的鼻子長一吋。它因為説謊太多了，鼻子長得很難看，小木偶就拿鋸子把長鼻子鋸掉六分之五，小蟋蟀問它：『皮諾丘，你的鼻子為什麼變短呢？』它説：『因為我不再説謊了，所以鼻子變短

了。』小蟋蟀就拿尺來量量它的鼻子，有四吋長，小蟋蟀説：『你比原來的鼻子長了兩吋呀！』現在問：小木偶究竟共説了多少句謊話呢？」

媽媽聽了，説：「你來教算術，學生包管不覺枯燥了，這真是木偶奇遇記，遇上個算術老師要算它的鼻子長度。」

仲山立即找出紙來，用爸爸教他的方法，在紙上畫了小木偶的鼻子，比劃和計算了好一會，然後興奮地説：「我知道！小木偶共説了十六句謊話！」

爸爸説：「你怎麼算的？」

仲山説：「小蟋蟀量小木偶的鼻子有四吋長，但是因為小木偶剛剛説了一句謊話，所以它的鼻子也剛剛長了一吋，小蟋蟀問它之前實在只有三吋。它鋸短了六分之五，餘下的三吋就是六分之一啦，那麼可以算出皮諾丘的鼻子未鋸短的時侯有十八吋了；小木偶原本的鼻子有兩吋，也就是説增長了十六吋，仙女説它每説一句謊話長一吋，那麼，它不是説了十六句謊話嗎？」

爸爸説：「你還少算一句，小木偶對小蟋蟀説它不再説謊話，所以鼻子短了，這句也是謊話，所以加起來，小木偶共説了十七句謊話。」

仲山説：「對，我漏計了，是十七句。」

仲山還立即把題目抄好了，說要給同學算一算。爸爸認真地說：「算術是鍛煉我們思維的工具，也是十分實用的學問，但是，枯燥的數字，加上歷來編課本的人愛弄些脫離孩子生活常識以外的問題，常常把剛入門的孩子嚇怕了。我想，理想的算術課本，應該大量加入兒童趣味，有些題目童話化也不妨呀！只有這樣才能把所有孩子引進數學之宮來！」

兆良的媽媽拿着那本銀行存摺和寫好的提款單，交給銀行的職員。那職員細看看存摺簿，又看看提款單，説：「怎麼？把錢全提出來嗎？」

「沒有呀，」兆良的媽媽説，「我還留着五元二角伍仙尾數沒有拿，戶口還是保留着的。」

那職員皺皺眉，反覆數數八張五百元大鈔，遞給兆良的媽媽。

兆良卻在一旁看着守衞員那枝槍，他在想：「這枝長槍又笨又重，為什麼不使用一把短短的手槍呢？」

這時候，兆良的媽媽叫他：「兆良，紙袋呢？」

兆良挽着一個士多手抽*，他把手抽交給媽媽，媽媽從手抽裏拿出一個雞皮紙袋，小心的把八張五百元放在紙袋裏，摺了好幾摺，再放在手抽裏，然後又把手抽摺幾下，緊緊地握在手中。

「走啦！」兆良的媽媽説。

*手抽：手提袋。

出了銀行門口，兆良的媽媽小聲向兆良説：「看看後邊，有沒有人跟着我們？」

兆良看看後邊，匆匆忙忙的人倒不少，但看來都不是跟着他們的。他説：「沒有呀，媽媽。」

媽媽拖着兆良的手，急急步回家去了。

兆良的爸爸在家等着。媽媽進家門噓了一口氣，把包得密密實實的錢和存摺簿，交給兆良的爸爸，兆良的爸爸把紙包打開一看，説道：「怎麼全是大鈔？你該找換些一百元和十元的才行，等會兒兩箱廁紙送來了，人家未必有錢找贖啊！」

兆良的媽媽説：「我進銀行心裏就噗噗跳了，萬一遇到箍頸黨，那可真是傾家蕩產啦！」

忽然有人「啪啪啪」的打門，嚇得兆良的爸爸急忙把錢包好，胡亂的塞進兆良的書包裏。

「誰呀？」兆良問。

「開門開門，快呀！」

兆良的媽媽面色變白，怎麼來勢這麼兇？她再問：「是誰呀？」

「送米來呀！」

兆良的爸爸急忙上前，開了一道門縫，果然兩個大漢分別托着兩大袋米，他連忙開門，那大漢大約氣力用盡了，

當門一開，就把米向門前一拋，大發牢騷：

「怎麼總不開門，你們的屋前不准泊車，我們托了大半條街啦！」

另一個大漢拿出賬單，説：「每包一百斤，兩包二百斤，共四百塊錢。」

兆良的爸爸急忙在兆良的書包裏翻出那紙袋，拿出五百元，那大漢找回一百元，就匆匆地走了。

兆良奇怪地問：「爸爸，怎麼買這麼多米？」

「你懂什麼？米價還要漲，錢要貶值了，現在不買，恐怕過些時候四百塊錢只買到一百斤米。」兆良的爸爸説。

兆良的媽媽這才記起沒有叫那大漢幫忙把米抬進屋裏，他們三個人，好不容易才把兩大袋米放到兆良的碌架牀前。

關上了門，兆良的爸爸説：「罐頭我已經買了三箱，廁紙兩箱也差不多了，油買了五大罐……還要買什麼呢！」

兆良的媽媽説：「可惜火水存多了有危險，要不然存點火水一定化算。」

兆良又想起他的文具來了，拍紙簿*以前每本一角，現

---

*拍紙簿：用來塗鴉、做草稿等用途的簿，價錢低廉，在文具店有售，有別於學校派發的校簿。

在漲到三角了，練習簿要四角一本，還有鉛筆，擦膠⋯⋯
他就插嘴說：「爸爸，買幾打練習簿放在家裏吧，樓下的
兄弟文具店老闆說，紙張缺乏，簿還會漲價的。」

爸爸卻說：「要存也存些食用的東西，慢慢再想你的
吧。」

這一天兆良的爸爸媽媽張羅這些，購買那些，到了晚
上，窄窄的屋子簡直像個小貨倉了。

這一天晚飯特別遲，吃過了晚飯，已經快十點鐘了，
爸爸和媽媽算一算，銀行拿回來的一點積蓄，全部付了
賬，換回來一屋物品。

兆良的媽媽說：「這情形真像要打仗啦！」

「這不是在打仗嗎！這世界處處在打經濟仗呀！看樣子什麼也接二連三要加價了，就是我的薪金不會加。唉，幾千塊錢換了一點實物，那是我們窮人惟一使血汗錢保值的方法。那些有錢的人呀，現在都蜂擁去買金啦，金也漲到快一千塊錢一兩了。唉，日子只會越來越難過。」兆良的爸爸一邊歎氣，一邊說道。

第二天清早，兆良起牀，他擦擦惺忪睡眼，就像往常一樣去洗臉，可是，他忘記了牀前放着兩大袋米，腳一踩，把腳踢得好痛，那袋米晃一下，撲在旁邊的幾罐生油上，生油罐上邊是兩箱廁紙，廁紙上邊是一些罐頭，罐頭晃一下倒下來了，幾罐午餐肉罐頭就向兆良的頭上墜下來。

「哎喲！」兆良痛得大叫一聲，把媽媽驚醒了。兆良覺得眼前一陣黑，不知怎的暈過去了。

這時兆良的爸爸已經上工了。媽媽看見兒子暈倒，額角上冒出鮮血。她嚇得一邊大叫「救命」，一邊拿着一件恤衫，堵着兆良額角的傷口。

鄰居趕過來了，替她打九九九，救傷車把兆良載到醫院去了……

兆良的爸爸和媽媽從醫院裏出來，媽媽抹乾淚痕，說：「唉，家裏一個錢也沒有了，那怎麼辦？」

兆良的爸爸說：「我們有米，有油，有廁紙，有罐頭⋯⋯」

兆良的媽媽聽見了「罐頭」，就光火了，她罵道：「那罐頭害苦了我們啦！叫兆良流了多少血呀！你說，我們總不能拿這些東西去付醫院的賬啊！」

兩個人默默地從伊利沙伯醫院走到彌敦道，兆良的爸爸忽然叫道：「有了！快到 XX 街去，我是跟 XX 街一家米店買米的，現在只有求求那老闆快購回那兩百斤米。」

兆良的爸爸苦着臉跟那老闆說了一番請求的話，那老闆才擺出一副慈善家的臉說：

「既然你們真的等錢用，那好吧，我就做一次好心。但是，我只能用七折價錢買回，你們總不能比批發價還貴呀！」

兆良的爸爸還能說什麼呢，他千多謝萬多謝的，才拿二百斤米換回二百八十元，一天之間，他就賠了一百二十元了。不幸中還有一點幸運的，就是兆良一星期後就出院了，額角上縫了六針。醫生說他失血不少，回家後還得打些補血針，吃些補血的食物。

媽媽又哭了，因為那兩百多塊錢剛夠付醫院的費用，哪來餘錢買補品呢？

兆良的爸爸苦笑說：「就當作那天你從銀行拿錢出來，

給箍頸黨把錢搶走吧。」

回到家裏，忙着央求鄰居把一些廁紙、生油、罐頭讓去，還餘下一些，又賠錢賣給樓下的雜貨店了。

那天兆良出院，媽媽扶他到牀上睡覺，一覺醒來，他忽然記起牀頭有兩大袋米，還有幾大罐生油，一大堆廁紙……他嚇得雙手抱頭大叫：「媽呀，罐頭倒下來了。」

媽媽從廚房裏趕出來，看見兆良抱頭大叫，她坐在牀邊撫撫他的頭，說：「兆良，是做夢麼？現在再沒有罐頭倒下來了，你看看吧。」

兆良看看身旁，空空如也，他莫名其妙，問媽媽説：「媽媽，所有東西都降價了嗎？你們再用不着儲存一些物品了嗎？」

媽媽苦笑説：「孩子，所有東西都降價，這一天也許會來的。」

大除夕那天，張先生忙得透不過氣，因為他是在一間百貨公司的年貨部裏做售貨員的。那天他只嫌自己少了幾雙手，顧客這個要糖果，那個要瓜子，那邊嚷着要齋菜……這樣一直忙至深夜十二點——百貨公司那天延長營業時間，到這個時候才關門休息。

張先生匆匆趕回家，才返家門，看見大兒子阿強和小女阿珠還沒有睡覺，他倆看見爸爸回來，擁上前去。小女兒叫道：「恭喜爸爸發財！利市快快逗來！」

張先生説：「還未過年呀！」

阿強説：「你看，過了十二點鐘啦。媽媽説現在是年初一了。」

張太太笑盈盈地從廚房出來。説：「回來啦，好了好了，大家宵夜吃年糕吧！」

張先生和孩子圍坐着吃年糕。這時候，張先生就教訓孩子説：「過年了，遇到人都要説恭喜，但不一定要説恭喜發財呀。比方，年紀大的，可以説：恭喜你身壯力健！年紀輕的，可以説：恭喜你新春

快樂！」

阿強插嘴説：「媽媽教我説恭喜發財的！她説發財人人喜歡。」

張先生説：「唉，你們不懂，有人發財，總會有人破財，不會人人發財的。」

張太太把一塊年糕挾到張先生碟上，説：「年初一，説什麼破財的，快吃吧！總之孩子説恭喜發財不會錯！」

張先生妥協地説：「説恭喜發財可以，但接着説利市逗來卻不可以呀！」

張太太説：「誰教孩子説利市逗來？」

張先生説：「剛才阿珠就説了！」

阿珠連忙説：「電視教的！剛才我看二加二那節目，那些孩子都説利市逗來。」

張先生説：「別説了！總之，記着，不准説利市逗來！」

張太太總怕年初一鬧得不開心，又連忙挾一塊年糕給張先生，説：「好了好了，吃吧吃吧。孩子記着就行了。」

吃過年糕，大家都睡覺了。第二天，張先生擦着惺忪睡眼。看見孩子早穿好新衣，他們看見爸爸醒來，都叫：「恭喜爸爸！」

阿珠還説：「恭喜爸爸發財，不要説利市逗來。」

　　張太太忙着給孩子兩封利市。張先生卻啼笑皆非，他真想罵，但想到是年初一，對孩子還是要和氣一點。

　　張先生洗好臉，穿好衣服，看看時鐘已經十一點了。這時候，有人來拜年啦，張太太開門看看，是張先生的同事小陳夫婦。張先生高興極了，阿強和阿珠也迎上來。阿強說：「恭喜發財！」阿珠也說：「恭喜發財！」阿珠說完了，望望爸爸說：「爸爸，我沒有說利市逗來呀！」這可逗得小陳夫婦笑起來了。當然，利市已經忙不迭的送給孩子了。

阿強和阿珠拿了利市，就走進房間去，阿強説：「妹妹，我們看看多少錢吧。」

把利市拆開，是五元的紙幣。阿珠説：「這是多少錢？」阿強説：「五元，是五元呀，比爸媽的利市錢還要多！」

阿珠從口袋裏掏出剛才媽媽給的利市，説：「我還沒有拆開媽媽給的利市呢，你怎麼知道比這一封多錢？」

阿強説：「傻孩子！你摸摸吧，利市裏邊是硬的，那就是一塊錢的硬幣。五塊錢不是比一塊錢多嗎？」

阿珠點點頭，她明白了。

小陳夫婦坐了一會兒就走了。張先生連忙把阿珠喚到跟前，説：「阿珠，我給你氣死了。」

張太太聽見張先生説「死」，忙説：「什麼什麼？亂説話。」

張先生不管，繼續説：「你要説恭喜發財，就不用再對我説：沒有説利市逗來呀。快快再練習練習。」

阿珠望着爸爸，説：「恭喜發財！」

爸爸説：「對了！就只説這麼一句，什麼話都不用説了，明白嗎？」

阿珠點點頭。

吃過年飯，張先生一家出門去跟別人拜年了。

來到電梯口，真巧，對門的黃先生剛出來乘電梯。阿珠和阿強説：「恭喜黃伯伯，恭喜發財。」

張先生望着阿珠，他怕她又説下去。阿珠望望爸爸，她這回沒説什麼了。黃先生給孩子每人一封利市。阿珠接過了，摸一摸，剛才哥哥教她，如果是硬的，就是一塊錢。這一封是硬的，她心裏就想：「這黃伯伯和爸媽的一樣，卻跟陳叔叔的不一樣。」

這天下午，張先生帶孩子到過三四家拜年，阿珠第一件關心的，就是收到的利市，先摸它一摸，可是，接二連三，都是硬的。

到了晚上，他們回家了，剛進家門，有人來拜年啦。阿強和阿珠又迎上前，説：「恭喜發財！」

利市送上來了，阿珠接到利市，忽然高興的對阿強説：「哥哥，是軟的呀！」

爸爸聽了，莫名其妙。阿強拉着妹妹進房去。阿強説：「阿珠，別在客人前説呀！這是不禮貌的。」

阿珠還是笑着説：「哥哥，今天我收到的每一封都是硬的，這一封是軟的，這個秦伯伯真不錯。」

阿強説：「是呀，一封軟等於五封硬的了。」

一會兒，客人走了。爸爸問阿珠説：「你剛才收到人家的利市，忽然高叫説，是軟的，是什麼意思？」

阿珠看看爸爸，天真地说：「我是説那利市是軟的，哥哥教我，一封軟的等於五封硬的，所以，我高興了，這個秦伯伯真好呀！」

　　張先生聽了，氣得不會説話，阿強卻知道自己闖禍了，急忙躲到房裏去。

　　吃過晚飯後，張先生把阿珠阿強叫到面前，説：「你們可記得，我們今天到過哪幾家拜年嗎？」

　　阿強説：「我記得，到過外婆家，到過姑姐家，到過張伯伯和李叔叔家。」

　　張先生説：「阿珠，你喜歡姑姐還是喜歡秦伯伯多一點？」

　　阿珠説：「我喜歡姑姐多一點。她常常來帶我到公園去玩。」

　　張先生又問阿強説：「你説呢。」

　　「我也是喜歡姑姐。」

　　爸爸説：「但是，如果照你們接到利市來看，秦伯伯給五塊錢，姑姐只給一塊錢，那可應該是秦伯伯更討你們喜歡啊！」

　　阿珠和阿強都不會回答了。張先生看看張太太，説：「你看吧！什麼恭喜發財，孩子年紀小小就已經用錢財來衡量誰好誰不好了。我看，從明天起，見了人一律只説恭

喜。恭喜什麼還是別説好了！」

　　張太太説：「利市都交給我，我給你們買點有益的東西。記着，我們不應該用利市錢多少來分誰好誰更好的，知道嗎？」

　　兩個孩子點點頭，把利市錢都交給媽媽了。

　　那天晚上，阿珠上牀睡覺，卻像唸書似的，唸着爸爸教過的話：「説恭喜，不説發財，也不説利市逗來。收到利市給媽媽，不管它軟的和硬的，都是一樣。」

　　媽媽聽了，忍俊不禁，爸爸啼笑皆非的搖頭，説：「過新年究竟給孩子帶來什麼好處呢？」

爸爸給菲菲講一個故事：「菲菲，你已經不是聽阿爸講故事的年紀了，但我忽然想給你講一個故事……」菲菲瞪大眼，說：「爸爸，我昨晚夢見童年時，你抱着我，我依偎着你，你給我講《白雪公主》的故事，多麼奇怪，現在你就提起給我講故事了，我渴望着呢！」

爸爸笑啦，他說：「那麼好極了！菲菲，你可知道船塢造船麼？它造了一條大郵船，這天是下水禮的日子。一時彩旗四飄，香檳頻開，一條條彩紙從碼頭引到船上，當一支香檳在船頭敲破，船就下水了。大郵船淌着淚，對船塢說：『媽媽，我開始我的處女航，往那五洋四海漂泊。你要珍重啊！』船塢媽媽嗚咽着，泣不成聲。」

菲菲聽得入神，雖然已是個亭亭玉立的少女，仍不禁倚偎在爸爸懷裏，全神貫注地聽着。

爸爸繼續說：「大郵船是一艘美輪美奐的漂亮的巨船啊，因此，去到哪裏，都受到歡迎。譬如到了香港，電視新聞片和

63

報紙都報導這件事，宣稱這是繼瑪麗皇后號後，另一艘出眾的巨大郵船，船上應有盡有，最好的舞池、一流的夜總會，還設有一間海上大學，立體電影院天天加映好戲……」

菲菲聽了，好奇地問：「真的有這艘船麼？我能到這海上大學攻讀嗎？」爸爸笑了，他說：「我親愛的女兒，你……你快要成為這艘船了，先聽下去如何？你完全係孩子時的動態一樣啊！」

故事發展下去：這大郵船到台北去，又到東京，又跨洋到三藩市，到紐約港、到倫敦、到哥本哈根，到……每到一地，都引起哄動，引來大批市民登輪參觀，大郵船贏盡了種種讚美。在紐約，市長還頒贈榮銜，譽這船為「世界友誼之光」。頒獎儀式隆重極了，大郵船陶醉在總統讚辭、香檳、和不盡的閃光燈的亮光中……

有那麼一天，郵船經過船塢——她的媽媽的地方。海鷗早早來報訊：「船塢老媽媽，船塢老媽媽，你那位使你自豪的女兒回來了！」

船塢既驚又喜，她說：「真的？真的嗎？女兒啊，我怕，我怕你是可有什麼損傷？碰壞了船頭？甲板脫落了？機器出了大毛病？不然，為什麼要回來做一次大修理呢？不，不，你是壯碩的，你每一個部件，都是結結實實的，

你是撞不損的，你……你無須回到船塢來，你仍可以遨遊四海，女兒，媽媽日日在祝福你啊！」

菲菲吃驚地説：「爸爸，這老媽媽不是在折磨自己麼！她為什麼不盼望女兒回來看看她呢？」爸爸低聲地説：「這叫做『矛盾』。因為在船的世界裏，到船塢去就意味着受損而需要大修理。作媽媽的，誰不擔心？她寧願熬受別離之苦，不要看見女兒有一丁點損傷啊！」

菲菲眨眨眼，好像還是不明白，完全像個天真的女孩，惹得爸爸在她臉上親了一下。

故事發展下：大郵船其實是路過這地方，她沒有泊進船塢去，一陣美妙的氣笛長鳴，就走遠了。

船塢淚如雨下，她喚着：「女兒，我看見你了！你多威風、多麼矯健，那頭鑄了『世界友誼之光』的金星，在陽光下閃耀着，媽媽為你驕傲，你沒事，你不用進來修理，那該多好，雖然……雖然，我們內心又有多悲痛，我竟在你擦身而過時候，未能正面看你一眼，而你……啊女兒，你是否忘記了這兒有個老媽媽？」

聽到這裏，菲菲竟然哭了，哭得好難過、好難過，過了好一會，她揩乾眼淚，幽怨地說：「爸爸，你……你說我將會是這艘船？不，我會永遠永遠記着爸爸媽媽！將來出國了，我會多麼想念你們啊！」

才踏入十月，家明的爸爸就問：「今年該寄什麼包裹給叔公做聖誕禮物呢？」

大家都沒做聲。去年寄去人參、鹿茸，叔公回信說他身體虛，受不了這些補品。前年寄去一些絨料子，是家明媽媽到公司買回來的，卻沒有留意絨料的邊繡着「日本製造」的字樣，寄去後，叔公的回信卻斥責道：「我青年時受夠東洋鬼子的苦頭了，怎麼千樣不寄，寄些東洋貨給我！」他老人家執拗的性子，叫家明的爸爸和媽媽讀信後沮喪得很。經過兩年的吃力不討好，這一年寄什麼聖誕禮物給叔公，卻成了家明一家頭痛的事。

家明的叔公五年沒有回來過了。家明還記得他六歲那年，叔公從美國洛杉磯回來香港，叔公出外遊玩，總帶着家明一起。叔公雖然年紀頗大了，但說話很有趣，他說得一口流暢的京話，他教家明說：「不要說『食飯未』，學講『吃飯了沒有』嘛！」家明學着，卻總是說成了「黏飯了煤油」，引得叔公哈哈大笑。

家明最記得叔公帶他乘車到落馬洲，叔公站在山頭，遠遠向北眺望了好半天。家明說：「叔公，你望些什麼？」叔公說：「唉，我遙望我們的祖國。三十多年前，日本鬼子打來了，我從北平逃到上海，後來上海也淪陷了，漢奸政權汪精衛拉我的哥哥當他的偽政府的什麼教育官，哥哥不肯幹，就給日本鬼子害死了，我連夜逃到租界去，後來才遠渡重洋，愴惶逃離故國呀！」

家明年紀還小，他聽得一半懂，一半不懂，他天真地問：「那麼，你現在可以回國走走呀！」叔公搖搖頭歎一口氣，說：「唉，如果我把心一橫，決定不返洛杉磯，我會回去的。誰叫我的兒孫通通在美國？你們這一輩小東西呀，不明白我們老一輩想念唐山之苦的。」

那時候美國跟中國好像十冤九仇，踏過了深圳橋，就不能回美國了，但家明那時只有六歲，他怎麼懂？他自然更不懂叔公懷鄉的愁緒了。

那年叔公回洛杉磯後，就得了病，後來病癒了，卻下肢變得癱瘓，出入要坐輪椅，這樣，五年多沒有再來香港了，自然，也再沒有教家明學講京話，（家明唸的是英文學校，他會講的英語比國語多，叔公知道了一定更難過。）更沒有帶家明到落馬洲山頭北望了。

爸爸說：「這年來回國旅行的美國華僑絡繹不絕，叔

公應該是頭一個踏上旅程的。唉,多可惜,他的腿癱瘓了,好像天公總叫他還不了心願。」

家明聽了爸爸的話,忽然大叫:「有了!我們可以寄些內地的風景照片給他老人家做聖誕禮物的!」

爸爸說:「國內風光的書籍他堆得一房!以前他已經從這裏訂閱有關內地風光的畫報,現在,他還可以直接向北京訂啦!」

媽媽說:「寄些中國土特產給他吧。」

爸爸說:「中國已經有貨船到英國啦,中國貨積滿唐人街,寄這些去只會白費勁!」

妹妹天真地說:「我們不用想了,打個電話去問問叔公喜歡什麼,就給他送什麼就行啦!」

家明和媽媽都笑了,家明說:「妹妹,叔公不是住在九龍呀!」

爸爸卻沉默了一會,然後說:「妹妹說得對!現在才十月,趕快寄封航空信問問他老人家,只要他早回信,總來得及寄空郵包裹的。」

這樣,爸爸就立即動筆了。

真猜不到這麼快,三個星期後,叔公的回信來了。

「謝謝你們的心意,我老了,像佛家說的無念無慾了。只是最近忽然想栽一盆菊,用的是地道的中山小欖泥

土,你們若有閒,代我寄一袋這些泥土給我吧!」

爸爸給大家唸了這封信,媽媽聽得呆住了,家明和妹妹卻哈哈大笑,家明說:「叔公是老天真啦,跟妹妹一樣愛玩泥沙,而且美國泥沙不玩,偏要玩中國泥沙。」

爸爸卻嚴肅地說:「孩子,你們不懂叔公懷念國土的感情的!」

媽媽說:「叔公這封信,叫我想起音樂家蕭邦的故事,他青年時國家被俄羅斯蹂躪,他離開他的祖國波蘭,什麼珍貴的東西都沒有帶,只帶了一瓶祖國的泥土!」

聽媽媽這樣說,家明斂起笑容,倒覺得有點慚愧,他在這裏最大,他實在不懂得什麼叫做國土山河。

家明的爸爸居然向公司請了三天假,從香港到澳門,又從澳門到中山小欖*,為的是叔公的一袋泥土。

泥土帶回來了,還帶了一些名菊的花種。爸爸回來說:「費了不少唇舌,才叫海關人員明白,他們詫異我為什麼中山的土特產什麼也不帶,卻帶一袋泥沙,我說是一

---

*中山小欖:廣東省中山市小欖鎮,有「菊城」的美譽,明朝時已盛行種菊和賞菊。當地自清朝起每六十年舉辦一次大型的「小欖菊花會」(又叫「甲戌菊花大會」),至今舉辦過四次。第四屆小欖菊花會在一九九四年舉辦,期間共吸引了超過八百萬人到場觀賞。二〇〇六年,「小欖菊花會」獲選為中國第一批非物質文化遺產。

個老華僑託我辦的，他只要一撮祖國的泥土！」

　　媽媽用膠袋把泥土和一點花種包裹好了，還縫製一個大小適度的布袋，爸爸從郵局拿回來寄包裹要填寫的表格，其中一項是要填寫包裹的內容價值。這叫爸爸躊躇了，照直寫是「泥土」嗎？「價值」又是多少錢呢？這些泥土能用金錢來衡量嗎？美國的海關人員看見有人空郵一包泥土來做聖誕禮物，一定懷疑是弄什麼玄虛呢！苦想了半天，爸爸說：「為了別使美國人詫異和懷疑，不得不說一個謊話，就填寫是『中國藥材』吧。鬼子佬不懂得中國藥，以為真是什麼藥材呢！」

　　這包泥土終於空郵寄去了。

　　聖誕節前一天，就收到叔公的來信。平安夜的晚上，為求「平安」，家明一家都沒有外出。晚飯後，大家圍着爸爸，聽爸爸讀叔公的來信。

　　「……雖然外面是火樹銀花，外國人在忙着迎接他們的節日。而我這老人，卻顫抖着雙手，捧着你們寄來的鄉土，還有那濃郁芬芳的鄉土情！幾年來的聖誕禮物，這一年最合我心意了。我得小心栽種一盆菊，用的是地道

鄉土，還有那地道花種，希望來年今日，我們一家不再賞聖誕花，我要教我的孩子和孫兒賞賞我們的菊花，那傲霜枝的中國菊花呀！姪兒，你也得好好教導你的兒女，毋忘我們是偉大的中華民族的兒女！」

爸爸讀完信，全屋寂然，連妹妹也彷彿懂事了。外面傳來聖誕歌聲，爸爸卻選了一隻新買的民間音樂唱碟，旋轉了擴音器的扭掣，一屋響起了「賽龍奪錦」那興奮的鼓鈸。

校園篇

名家導讀

歷久常新　潤澤童心

何巧嬋

　　世易時移是我們經常掛在口邊的話，感慨時間的推移，為社會帶來巨大的改變。可是，優秀的兒童文學家卻能用生花妙筆為孩子述說獨具生趣的故事，將友誼、仁愛、和平等永恆價值代代承傳下去。何紫先生就是本地優秀兒童文學的表表者，他的故事經得起時間的洗禮，歷久常新，為孩子的成長帶來不少啟發。

　　《甜酸友誼》、《張仔的意外》等故事寫的是校園中同學的交往。男孩子或許逞強好勝，卻有信諾重義氣的優點；女孩子心思細密，卻容易因小事耿耿於懷。何紫先生透過校園生活的小事情、小故事突顯各人的個性，也告訴大家：無論如何，友情最可貴，要好好珍惜呀。

　　尊重每一個孩子的個別差異是現代教育的一個重要的理念。孩子各有各的性格，樂觀陽光的，固然容易得到大家的歡迎。但是有一些孩子，比較小心眼，事事計算（例如：《妙女孩》的麗萍），另外一些又比較粗曠，動輒與人衝突（例如：《惡爺阿鬼》的李貴倫）。何紫

先生在他的故事裏，沒有譴責或直接批評這些孩子不當的表現，反而透過溫情的故事，讓惡鬼也痛哭起來，真是叫人感動！

深情的《老校工》令讀者再三回味細思。校園故事的主角大都離不開：校長、老師、同學……何紫先生要寫的卻是一位由十六歲開始就在名校當校工的培叔。培叔快要退休了，服務學校幾十年的培叔見證了校園大小趣事，學校培養了一批又一批的醫生、議員、高級知識分子，但培叔的兒子卻因為經濟關係未能在學校完成學業。為學校勞碌了一輩子的培叔，退休在即，仍要為未來的生活發愁。這一份淡淡的憂傷，正好提醒大家尊重每一位勞動者；學業有成後，除了為個人而打拼外，更要關顧社會上有需要的羣體。

何巧嬋

兒童文學作家，曾任大專導師、學校校長，現職教育顧問；獲邀出任香港康樂及文化事務署文學藝術專業顧問、香港書展文化顧問等公職，已出版作品逾百本。

張仔的意外

這一天張子明十分頹喪。同牛奶仔連比三盤，全部輸了。第一盤玩「任天堂」，「魔棍」是新的電子遊戲，在屏幕上，他的替身被一棍一棍的打到在地球消滅。第二盤比賽從香港到塔門碼頭，看誰最先到達，他從大學站乘船，到達塔門，牛奶仔已坐在碼頭旁的海邊，擺出個目空一切的款。第三盤參加社區中心的中秋製作花燈比賽，張子明收到信，他得到優異獎，滿以為可以「威番一陣」，不料領獎時才知道，牛奶仔的「臭屁甲蟲」花燈獲亞軍，其實橫看直看，都是張子明的「航空母艦」花燈夠勁，但偏偏評判鍾意廢物利用，牛奶仔的「臭屁甲蟲」花燈，多用汽水空罐、廢紙杯、飲筒和廁紙筒黏黏貼貼而成的，看來簡直是「醜八怪」。但是，就勝在夠怪，得到亞軍！

張子明頹喪的原因，是因為比賽前他誇下海口，說三盤最少兩勝，卻不料三盤三輸，連一盤也不讓他勝出。

第二天在校門外張子明看見牛奶仔，

他急忙垂着頭跟在榕樹頭後邊走，他怕「瘀」，怕牛奶仔嘲笑他。不料牛奶仔眼明耳順，大聲叫：「張仔！」子明的心都給叫離了胸口，他覷覷地閉起嘴詿着，牛奶仔跑上前，子明等着他的嘲諷，奇怪，牛奶仔反而鞠躬，説：「謝謝師傅！」

張子明大感意外，他説：「你屢戰屢勝，我輸到仆直，我還有什麼好説呢？你今日反而向我鞠躬，還叫我做師傅，你快説，葫蘆裏賣什麼藥？」

牛奶仔和子明是中二時一起從秀茂坪區轉校到這兒的。牛奶仔脾氣猛烈，似乎跟誰都合不來，但自從認識了張子明，他終於找到了「半個」朋友。為什麼説是半個呢？張子明因為也受不住他的脾氣，聲明他們在學校之外可以是朋友，但踏入了校門，「對唔住，我唔識你嘅。」張子明咁説。牛奶仔聽他這麼説，幾乎反臉，但亦無可奈何。張子明數科學得好，他們又住在同一個邨，牛奶仔每次做數科習作，都要跑去向子明求教，他實在不能沒有這個朋友。子明説他是「順德人」，又是「順得人」，何況牛奶仔喜歡到子明家玩「任天堂」，有了這玩意，他更不敢向子明發脾氣。可惜白天上學校，牛奶仔沒有什麼求張子明，就常常和子明爭吵了，現在聲明在學校不做朋友，牛奶仔沒有地方可以發脾氣了。直至最近，牛奶仔説：「我們比

賽，第一比賽任天堂看誰玩贏，第二比賽旅行，看誰最快到達目的地，第三比賽製花燈，我們一齊參加社區中心的中秋製作花燈比賽，看誰得到獎。如果我贏了，你就要做我的全日朋友，不要做半個朋友。」

牛奶仔全勝，就意味着張子明要日夜也接受牛奶仔的打擾——他當然沒有讓「打擾」兩個字說出，但牛奶仔也確是個夠煩的人。

「師傅！」牛奶仔又喊他一聲「師傅」，張子明說：「我從沒有收徒弟。」牛奶仔說：「任天堂是你教我玩的，去塔門遊玩是你以前的指引，參加花燈製作比賽是你替我拿報名表的。雖然現在我勝了，但沒有你，我怎會勝出？」張子明說：「唉，真是教識徒弟無師傅。」牛奶仔認真地說：「怎說無師傅？你以後還要教我做數科習題，教我怎樣做『順得人』呀！」

張子明笑了。他發覺牛奶仔真的脾氣變好了，他說：「你什麼時候改了那猛烈的臭脾氣的？」牛奶仔拱拱手，說：「又是向你偷師的。你連我發脾氣也能心平氣靜，我真佩服！明仔，請收我這徒弟，再向你學做個隨和的『順得人』吧？」

說到這裏，突然校內的球場一個籃球打落在牛奶仔頭上，牛奶仔給打痛了，他拿起籃球就想把它擲出馬路，子

明立刻抓住他的胳膊，説：「喂，順得人呀！怎麼又發脾氣啦？」這時有人從校門跑出來，要拾回那籃球，牛奶仔忍住心中的氣，把籃球還給跑來的人。張子明説：「喂，你學得真快，我什麼都傳授給你，我快要一無所有了！」

事情的「情」字似乎給我們暗示，什麼東西都不免有感情的。今天，教作文的老師，就說：「我們作文不能沒有感情，否則，文章就會乾巴巴了。要文情並茂，文采盎然，感情充沛，才會有好文章，明白嗎？」

我大聲地說：「明白了！」後來才發覺其他同學都沒有響，變成只有我一把聲。

放學後，莎妮笑我：「喂，艾雲，你今天作文課，叫做自作多情！」

我紅了臉。莎妮是我的對頭人，但這「對頭人」也不算是冤家，更不是仇人，只是，她總會找機會嘲笑我，我呢，我是個不喜歡與人爭吵的人，但有時忍無可忍，也會做一個表情，對他（她）表示輕蔑。不過，說實在話，我是不願意和莎妮做「對頭人」的。於是，我寫了一封信，信是這樣寫的：

　　莎妮：

　　　　我們都有共同的愛好呢，我知道

你喜歡天藍色，我也喜歡天藍色。我又知道你喜歡阿
LAM，我也是阿LAM的歌迷，但是，為什麼你常常與
我作對？其實，我是願意笑咪咪對每一個人的呀！你
說說呢？我今次伸出友誼之手，望能與你緊握！

艾雲每天放學，都看看信箱，但一天又一天，她漸漸
感到失望了。在學校裏，艾雲偷眼看莎妮，她若無其事。

艾雲今天分外不快樂，因為今天她又給莎妮戲弄了。
艾雲寄了一張聖誕卡給小薇，小薇放在書桌上，莎妮看見
了，就舉起聖誕卡，大驚小怪地說：「喂，快來看呀，這
裏有一張奇怪的聖誕卡。」有幾個同學過來，莎妮就說：
「這是艾雲給小薇的，但竟寫『小薇姐姐』，冇人不知
道，明明自己比別人年紀大，卻偏認自己是小妹妹！哈哈
哈！」

艾雲坐在一角低垂下頭，覥覥地不發一言。幸而副班
長張婉明為她說公道話，她說：「這是自謙嘛！寫信給別
人，尊稱別人為姐姐，自己是妹妹，這跟年紀是沒有關係
的，以前國文先生也說過啦。」

莎妮黑起了臉，同學有的睍着眼看莎妮。即使是這
樣，艾雲還是很不快樂，因為，這等於宣布她的努力失敗
了，寫的信也白寫了。

艾雲踢走路邊的空汽水罐。這時候，突然有人拍她的膊頭，她回頭看看，是副班長張婉明。婉明說：「艾雲，莎妮這種人，你根本就應該遠遠離開她，為什麼你還寫信給她？」艾雲奇怪，她怎麼知道她曾寫信給莎妮呢？

副班長張婉明這時揭開一個秘密，原來莎妮收到艾雲的信，就自言自語，說：「哼！艾雲給我寫信，會有什麼好東西？一定是咒罵我，說不定裏邊放了些什麼臭屁彈，切開了就臭氣衝天！」後來她把信一扔扔在張婉明桌子上，婉明好奇，拆開來看過。她看了覺得莎妮太過分了，就暗地裏幫艾雲。

艾雲知道了，心裏仍抱有希望，她說：「我堅信，她看了我的信會改變態度的！」

張婉明說：「你的信我還留着呢！好吧，我明天再拿給莎妮看。」

第二天，婉明拉着莎妮，一直把她拉到校園的洋紫荊樹一旁。艾雲遠遠看見，就偷偷走前，在花圃旁看過去，她看見婉明鄭重地分析她的信，認真地讀給莎妮聽。莎妮聽着聽着，她的表情全看在艾雲眼裏，她先是詫異，接着有點尷尬！最後垂下頭，拉着婉明的手，因為隔開稍遠，所以艾雲聽不見她們在說什麼。

突然，婉明抬頭，她看艾雲躲在花圃後，她箭也似的

奔前，執着艾雲的手，拉她到洋紫荊樹下。

　　「快講和！快講和！看，莎妮已經知道友誼可貴了！」
她説。果然，莎妮伸出手，握着艾雲的手，低聲説：「我
誤會了你呀！艾雲！」

　　麗萍做事細心，觀察細心，對身邊的事也很細心。

　　看她的習作簿，就知道她真了不起，每個字，每一筆一劃，都是清清楚楚的。她所有習作簿上寫了英文名，又寫中文名，「麗萍」兩個字端端正正，那個「麗」字筆劃多，但是像放大後才寫的，那麼清楚細緻。

　　教數學的張老師今天穿了一件棗紅色的西裝，很突出。麗萍説：「這件西裝是 Miss 黃送給他的。」同學們都奇怪，麗萍怎麼知道呢？麗萍微笑説：「你們沒有看見，Miss 黃經過課室門口，掩嘴向張老師微笑，張老師把手指西裝衣領，挺挺腰，好像説：這西裝真好看。這些細微的地方，證明了西裝是 Miss 黃送的，張老師的西裝大都是灰呀、藍呀，他自己選，一定不會選棗紅色。」

　　同學們都佩服麗萍，佩服她觀察細心。最奇怪的是她幾乎知道全班同學的生日，都能一口説出來，每星期她都會大聲

預報：「下周是誰是誰的生日，我們不要忘記祝賀壽星仔壽星女呀！」

不過，麗萍還是很悶氣，同學們一面佩服她，但又疏遠她，她連一個知交的朋友也沒有。

同學們背後説：「太犀利了，數口犀利、心眼小得犀利。唉，一個人太聰明，就會被聰明誤了！麗萍這朋友交不過！」

慧慧和麗萍到公園去，麗萍提議吃雪條。付錢的時候，慧慧付了。麗萍就説：「我前後請你吃過八次雪條，你請我吃過三次雪條，加上這次，共四次，因此，你還欠我四次。」慧慧聽了，很不高興，竟一口氣再買四枝雪條塞到麗萍手裏，説：「喏，打和啦，你八次，我八次！」然後就獨自走了。

麗萍尷尬地站着，她自言自語：「我錯了麼？我只是就事論事呀！」

有一次，陸小強向麗萍借原子筆。麗萍説：「我有兩枝，一枝是常用，一枝是後備，常用的是斑馬牌，後備的是啄木鳥牌。現在，我該借常用的斑馬牌給你呢，還是

後備的啄木鳥牌給你呢？論價錢，啄木鳥牌每枝五元，斑馬牌每枝二元半，剛好是啄木鳥的一半價錢。好吧，我為了表示慷慨，我借後備的原子筆給你，不過，下次我向你借東西，你也要把你最好的東西借給我用，這才公平呀！」

小強把舌頭伸得很長，他說：「不，不，我還是借你的斑馬牌好了！」但是，麗萍硬要借給他啄木鳥牌，這樣推來推去，坐在後邊的張美倫看不過眼，說：「我有斑馬牌，小強，我借給你！」麗萍尷尬地苦笑，說：「我又錯了麼，我只把好的東西借給朋友呀！」

麗萍十分苦惱，她無精打采，變得沉默寡言，媽媽發覺了，問道：「麗萍，你為什麼最近老是不開心？」麗萍就把幾件事情一一說給媽媽聽。

媽媽笑了。她說：「你的心怎麼想的，為什麼請人家吃雪條，心中也有一本賬簿？為什麼借東西給別人，心裏又有一個天平？」

麗萍說：「我不知道，我對什麼事情都是這樣，清清楚楚的，含糊不得。你不是讚我，說這是我的優點嗎？」

媽媽說：「對功課、對科學、對大自然，這態度好極了。你就不能用來對朋友、對同學、對父母師長。我如果也像你，心中有一本清楚的賬簿，你可倒霉了！媽媽供你吃了多少頓飯？買了多少次衣服給你？給你多少零用？

為你花了多少費用？曾經疼過你多少次？……那麼，你要一一公平地去尋求平衡，這一輩子，你都會負債，父母的恩，父母的愛，你還得清麼？」麗萍垂下頭，淚水也淌出來了。

第二天，麗萍看看周圍的同學，她心裏説：「唉，他們對我已有成見，我即使想改變，他們也……」這時候小強又轉過頭來，向她微笑，她連忙打開筆盒，説：「要借東西？任揀！」突然全班同學唱起快樂生辰歌。原來，今天是她的生日哩，她倒忘記了。

惡爺阿鬼

王小桃打碎了阿鬼的眼鏡，阿鬼說，這眼鏡值八百多元，王小桃非賠不可。

阿鬼是班裏的「惡爺」，個子高大，說話嗓門粗獷，他坐在後排，但誰都不會轉頭看他，因為他會一瞪眼鏡後的龍眼，吆喝：「看乜嘢？未死過呀？」連老師也知道他的牛脾氣，莫奈他何。

王小桃是怎樣打破阿鬼的眼鏡的？體育堂老師教授投籃和截擊，小桃和阿鬼分在一組，小桃矮小，阿鬼高大，當輪到他們這一組，一攻一守，小桃怕阿鬼，畏縮地不敢截擊，阿鬼就如入無人之境，連連射籃，老師卻說：「李貴倫，你這樣勝之不武，因為對方根本放下武器，不與你鬥。」

李貴倫就是阿鬼，本來老師有時叫他做「阿貴」，但同學因為他兇惡，背後都叫他「阿鬼」。他聽了老師這麼說，就對小桃友誼地拍拍肩膊，說：「來，我給你膽量，我攻前你截擊，一定要把我的球搶走，這是友誼賽，我們決不動氣，我不會欺負你，放心吧！」

小桃就真的上前截擊，他本來就短小精悍，機靈勇敢，李貴倫其實是「大隻佬」，虛有其表，因此籃球屢屢被小桃搶走，同學們抱着「鋤強扶弱」的心理，拚命鼓掌，替王小桃打氣，這樣，阿鬼就漸漸發火了。

　　阿鬼發火，先是「鬆踭」，接着是勾腳，同學們在場外喝倒彩，王小桃充分發揮他機巧靈活的特性，左閃右避，阿鬼出「茅招」也無法對付他，籃球又給小桃搶去了。

　　阿鬼的惡爺作風出籠了，他突然取下眼鏡——他的散光眼鏡，運動時用橡皮圈扣住——眼鏡應聲跌在地上，他隨即一手抓住小桃胸前的運動衣，麻鷹抓小雞似的把他拉前，這樣小桃的球鞋就踏在眼鏡上，「啪」一聲鏡片碎了。

　　「啊！賠呀，賠我名貴的眼鏡！」阿鬼立即吆喝，但在場外的同學看得清清楚楚，是阿鬼嫁禍，同學們大聲喝倒彩，連老師也看不過眼，上前勸說：「阿貴，你的眼鏡掉在地上，顯然與小桃無關。」

　　雖然「惡爺」夠惡，但是眾怒難犯，他就閉起嘴，火着眼，拾起眼鏡框，塞到小桃的橡皮褲頭裏，誨氣地掉頭走了，一邊走，一邊回頭叫：「這眼鏡值八百元，你有膽就不要賠吧！」

　　當阿貴走後，同學們都圍過來。有的說：「不要怕他！他是大隻廣，得把聲！」但有的說：「他敢動粗，如果小

桃不賠，在放學的路上，他跳出來打小桃一頓，那可不好受。」

後來，老師過來了，他說：「就趁這件事情，試一試阿貴的心腸吧。」他小聲地說了幾句話，大家都說好。

第二天，小桃故意等到快上課時才回到學校。他踏進課室，阿鬼就大叫：「小桃，錢呢？賠我眼鏡錢呀！」

小桃站在教室門邊，一副可憐兮兮的樣子，說：「我沒有這麼多錢，能不能每月賠你五十元，用一年多還清給你啦？」阿鬼拍響桌子，說：「你敢戲弄阿爺，哼！不行！」

這時候，同學們都一個一個站起來，小娟較小又瘦削，她第一個上前對小桃說：「我把早餐錢二十元給你，幫助你還給他吧。」接着，同學們整齊地排着隊，兩手舉起，齊聲呼喊：「小桃，我們都把早餐錢送給你，讓你還給催命的阿鬼！不吃早餐沒關係，朋友要緊！」

於是每人上前，送上二十元，阿鬼在一旁呆若木雞。小桃收集了同學送出的錢，就一步一步的以壯士的神色，走到阿鬼面前，說：「李貴倫，我沒有欠你的了！」

不料阿鬼把他送來的錢一推，霍地坐下，伏在桌上嚎啕大哭起來！這是從來沒有過的怪事！這時候，老師進來了，他說：「阿貴，人貴乎朋友，逞強恃惡，只會使自己

完全孤立。你只要改掉牛脾氣，同學們還是歡迎與你一起的！」同學們都鼓掌，小娟送上紙巾，説：「你就做我們快樂的小鬼吧！」

不准吵架

有人一邊走一邊罵我：「王朗然係衰仔！」我回頭看看，他正躲躲閃閃的鑽進人堆裏。我當然認得他。他是周志傑，我們叫他做「激氣」，我恨他時，我會説：「哼，真激氣！」他聽見瞪我一眼，我就叨長了嘴巴，説：「我不是叫你呀，我是説我自己激氣。」不知為什麼，我們兩個就是一個水、一個油，總不能相處。

本來我們是一對好朋友，上學期他換了新波鞋，我不但不欣賞，還説：「名牌好吹咩？我愛『白飯魚』，我爹哋話，名牌得個名咋！」這句話可能太傷他的自尊心了，聽説是他暑假替他叔公做暑期工掙回來的錢買的，正如他説：「喂，我用的錢有血有汗的，你不能説我的波鞋不好！」我本來可以向他道歉，然後再讚他一句：「好鞋，好波鞋！」但他竟先沉不住氣，一拳就打向我的胸口，幸好我及時揮手擋着，但我的眼鏡卻因而碰跌了，而且玻璃片打破了，我嚷着要他賠，他説：「是你舉手自己碰跌的，與我無關。」我

火了，拉着他的手去見胡主任。最後，胡主任分別責罵我倆一頓，而賠眼鏡的事竟不了了之。就是這樣，我們成了冤家！今天他又大聲叫：「王朗然係衰仔。」哼，明天我要給他一點顏色！總之，他真欺人太甚。

第二天，我看見周志傑，就氣沖沖的上前和他理論：「你昨天放學時為什麼大聲侮辱我？」他懶懶地看我一眼，說：「你講嘢呀？我唔知喎。」真把我氣得半死。我說：「你這激氣真的好激氣！好，我要拉你去見胡主任！」我就扯着他的胳膊到教師室去。他竟推開我，大踏步向教師室去，並且神氣地說：「胡主任要見我爸爸我也不怕，我自己會去見他！」胡主任看見我倆就皺眉頭了。因為常見我告狀，他詭辯，最後，兩個人也遭訓斥一頓。但我不告狀，還有什麼辦法，我並不能和他打鬥一頓呀，何況我又瘦又矮，他是個胖子，我是打不過他的。向先生告狀，仍然是我對付周志傑的惟一辦法。

今次，胡主任先問我，我理直氣壯回答：「他大聲叫『王朗然係衰仔』，他公開侮辱我！」胡主任竟微笑，拿出白紙，看看周志傑說：「你很會罵人，你就告訴我『衰仔』兩字怎樣寫嗎？」周志傑點點頭，就寫了「衷仔」兩字，還說：「我只罵了一聲，因為他給我起了個花名，叫我做『激氣』，我當然要以牙還牙。」這原是惡人先告狀，

他竟扯到花名上去了。花名不是我改的，他故意詭辯罷了。胡主任卻看看我，說：「如果照周志傑寫的，他罵你是『衷仔』，衷心地做乖仔，這麼一來，很有意義吧？」呀，真激氣。

我舉手抗議說：「不！不是衷仔，他明明罵我做衰仔！」胡主任就把紙條放在我面前，要求我把衰仔兩個生字寫下來，哎，我……我也不會寫，咬咬筆頭，想起國語課本中一個字——「簑」，對了，他是罵我做「簑仔」。我急忙把這兩字寫下給胡主任看。

胡主任站起來，說：「『衷仔』這個『簑仔』，或者，應該是『Ｘ仔』！」胡主任把紙條給周志傑，他就寫下「衰仔」兩字。我一看，似乎不對，但周志傑竟點頭，說：「沒有錯，這兩個字就是『衰仔』，我一時糊塗，只罵了他一句。」

胡主任把字條貼在報告板上然後認真地說：「你兩個只會爭吵，但卻連簡單的一個『衰』字也不會寫！你們不慚愧嗎？」說完，就用筆端端正正地把「衰」字寫下來。還說：「簑不是衰，簑衣，是下雨天農夫穿在身上的雨衣，衷也不是衰，哀是悲哀的意思。好了，你們以後就改為用筆吵架，不准用口來吵，連字也不會寫就學吵架，不是笑壞人嗎？」後來，胡老師罰我抄五十句：「我以後不把衰

仔寫成簑仔」，又罰周志傑寫五十句：「我以後不罵人做衰仔，也不把衰仔寫成哀仔或衷仔。」哈哈！他罰抄倒比我長，看來，還是我勝利了。

我以後不把
衰仔寫成簑仔。
我以後不把
衰仔寫成簑仔。

我以後不黑人做衰仔，
也不把衰仔寫成
哀仔或衷仔。
我以後不黑人做衰仔，
也不把衰仔寫成
哀仔或衷仔。

　　説起來真氣人呀！班裏四十個同學，二十一個是男生，十九個是女生。學期初選班長，班主任提名了六個同學做候選人，三個男的，三個女的，本來這也公平，但是，第一個選李偉民的時候，二十一隻手豎起來，就不怕害臊，連李偉民自己也舉手，自己選自己。第二個選譚少梅，唉，真該死呀，一個男生也不舉手，譚少梅自己亦紅着臉不舉手，我們女生都嚷叫：「少梅，舉手呀！快！李偉民也不害臊，自己選自己了！」譚少梅也就膽顫顫地也舉起手，可是老師數來數去，也只有十九票。接下去的情形不用説了，人家二十一票，都是一面倒，所以，班裏的正副班長都是男的。有幾個女生急得哭了，下課的時候，那饒舌的張振強就唱：「弱者，你的名字是女人！」我給他氣得爆炸了，我站起來指着振強罵：「不要臉，別胡説八道，別忘記你的媽媽也是女的，要唱，回家對着你媽媽唱個夠！」女生都給我鼓掌，振強居然要過來，伸出拳頭，扮着鬼臉要唬嚇

我，我氣得直叫：「李偉民，你是班長，你該記振強的名，他要打人。」男生總是袒護男生哪！李偉民居然裝聾扮啞的。有的男生說：「他打人，不是打你呀！」我忍不住了，淚水就奪眶瀉出來，振強又哈哈大笑：「喲，流馬尿哪，我說得不錯吧，弱者，你的名字是女人！哈哈哈。」

我們班有十九個女生呀，可是，就沒有一個女生做班長代表我們說話，這世界還有什麼民主？正班長李偉民叫我派簿，我把兩手交起來一疊，把眼睛望到天花板，說：「你們男生強，派簿去找男生呀！」上體育課的時候，副班長葉炳桓叫我們女生幫手抬墊和木馬，我們女生都賭氣「罷工」了，還說：「你們有大群強牛，用得着我們弱者嗎？」氣得副班長黑着臉，垂下頭沒話說。

班裏面就成了一條清楚的楚河漢界了，男生不跟女生打招呼，女生不借東西給男生。不過，有一次譚少梅幫了男生一次大忙，我們呱啦呱啦的罵譚少梅，說她是奸細，說她不為我們女生爭氣。

事情是這樣的，那天英文課剛巧英文先生請了病假，又找不到其他先生代堂，班主任就叫我們到操場去自由活動。我們女生在操場一角玩跳繩的玩跳繩，三五個聚在一起閒談的閒談；男生大部分拿着籃球搶來搶去了。玩了好一會，忽然，不知怎的，籃球滾到女生廁所去了，看見他

們你推我拉，推個代表來求我們，後來，還是葉炳桓來了，低聲地說：「請你們幫幫忙，到女廁去給我們把籃球拾回來吧。」

我們都不管，我卻有了個主意，要戲弄男生一番。我說：「要我們給你們把球拾出來麼？行的，叫一天到晚唱我們是弱者的張振強過來，給我們鞠個躬，說聲對不起吧！」我想張振強寧死也不會這樣做的。

葉炳桓回到男生那邊，一班人圍起來好像商量什麼大計，我們女生都笑了。過了好一會，奇怪，男生都成羣的推着張振強向我們這邊前來。張振強靦覥地站着，有人強按他的頭，要他鞠躬，然後男生一起說：「對──不──起啦！」

葉柄桓馬上走上前來，說：「行了吧！請你們履行諾言，給我們拾球吧！」

這時候，我們女生也圍起來，商量着拾不拾球了。譚少梅說：「他們既然求和，就替他們把球拾出來吧。」我說：「不這麼容易！別忘記選班長那一次的事呀，我想……」這樣，我把聲音壓得低低的，說了幾句話，大家都哈哈大笑，連說妙妙妙。

譚少梅就進女生廁所，替男生去拾籃球啦。我們都緊張地看着，等着好戲在後頭。一會兒，少梅把籃球拾出來

了，把球一擲，我們瞪着眼睛看，男生接過籃球，連聲説：「謝謝。」又一窩蜂似的去玩了。

我們就罵聲四起了！因為譚少梅沒有依我的辦法去作弄他們。我的意思是，把籃球往廁盆裏浸一浸，才把球交還給他們，叫他們接球時，一手濕濡濡的，才知道上當。可是少梅沒有照辦。

「我們都是一班的同學，何必做冤家做到底呢？」少梅這樣説。有的女生不做聲，大概同意了。我可大叫大嚷，説：「有仇不報非君子，哼，他們總要欺負我們的！」

我的所料不差。那天美霞到班長李偉民那兒去背書，她因為三次默書都不合格，先生要她每天到班長那兒背一課書。李偉民呀，就是擺起班長的臭架子，對美霞諸多挑剔，漏了三個字，馬馬虎虎算了嘛，可是，他就是要告訴國文先生，這樣先生又要增加一課要美霞背的。那一次美霞漏了兩個字，向偉民求情，偉民卻説：「你還讀不熟呀，再讀兩三遍，然後再背吧。」我搶白他説：「偉民，漏了一兩個字，算什麼錯？你分明在雞蛋裏找骨頭！別忘記我們女生給你們到女廁拾籃球的事，往後你們總有再求我們的機會的。」不料偉民板起臉説：「你這話算什麼？我要美霞再讀兩三遍，是為她好呀！」聽他的話，還以為自己是打救世人的上帝！

時間過得真快，段考以後，又是第二段開始了。班主任說：「明天，我們改選班長了。」我們女生都洩氣了，改選、改選，改選個屁！二十一個男生，十九個女生，形勢未變，選來選去還不是一個模樣嗎？

　　第二天班會，我們女生都懶洋洋的，大部分都說：沉默抗議！不舉手！棄權！

　　候選人還是上一段的那六位，李偉民啦，葉柄桓啦，譚少梅啦……第一個選李偉民的時候，當然，我們十九個女生都沒有舉手，我們都打算選譚少梅的時候也不舉手，反正舉不舉也是要落選的。看看男生這一面，班主任數着，只有十九隻手舉起來，男生都愕然，我們女生擦着眼睛細看，原來李偉民和葉炳桓也沒有舉手。我心裏一震，想想女生有勝利的機會了，我趕忙小聲說：「喂！要改變初衷啦！改變計劃啦！」

　　第二個選譚少梅的時候，女生都舉手了，但是，少梅自己卻不舉手，我們都急壞了，她不舉手，只得十八票呀，這樣，還是要輸給男生的，唉，我氣壞了，真是功虧一簣！班主任數着手，我閉上眼，歎着氣。可是，我不敢相信我的耳朵，班主任說：「二十票，譚少梅當選正班長！」怎麼回事呢？怎麼回事呢！我張開眼睛，只看見男生都在吱吱喳喳，暗罵李偉民和葉炳桓。天哪，我從前錯怪他倆

哪！原來剛才十八個女生舉手，還有兩個男生舉手，就是偉民和炳桓！這樣才湊足了二十票。兩個舊班長「陣前倒戈」，情形大變，接下去副班長也是女生，黃潔冰當了副班長。女生歡呼歌唱，男生卻怨聲四起，張振強這「牛精鬼」還摩拳擦掌，説要「砌」偉民和炳桓呢！

班主任最後總結説：「我們不應該分男分女，應該彼此和睦相處，像兄弟姊妹一樣才好。男生一定選男班長，

女生一定選女班長，這都是不正常的現象啊！我們要選舉最能為同學服務的人，不管是男還是女的。我希望下一次再選班長的時候，都不要出現一面倒的情形，現在，讓我們一起鼓掌，熱烈歡迎我們的班長誕生，祝她們能更好地為全體同學服務。」

想不到啊，想不到！除了女生熱烈鼓掌之外，大部分的男生都鼓起掌來啦！想起第一段選舉班長的時候，我們女生好像小器一點了。這些掌聲，也顯出像張振強一類偏激的人，還是很少很少的一兩個罷了。

往後的情形更叫我們女生慚愧了，看少梅叫男生派簿，他們沒有說：「你們女生強，派簿去找女生吧。」他們還是一樣的派。上體育課，班長叫大家抬墊和木馬，男生女生都一起動手，沒有一個男生賭氣「罷工」。

那一次學校舉行遊戲日，各班舉行一個有趣而激烈的接力比賽，這比賽是這樣的，全校每一班分成八個小組，每組作一項比賽，這樣一組一組接下去，看看哪一班最快完成八項賽事。這八項比賽，有五分鐘射籃球，有五分鐘線穿針，有五分鐘持蛋賽跑，有五分鐘把二十塊布縫起來，有五分鐘攀樁架……顯然，有的是男生所長的，有的是女生所長的。事前，我們全班開了一個會，討論分組和怎樣團結合作，這一次，男女生已經沒有了楚河漢界的分隔了，

大家有說有笑，都有信心奪得錦標。

比賽那天，多麼緊張啊！看着張振強一組射籃球，振強每射入一球，男女生都一起鼓掌呼叫；又看着美霞一組，她們縫綴那二十塊布，密密的刺，密密的縫，真是眼明手快，男女生都呼叫為她們打氣。

大會宣佈積分，我們班得到總分九十八分，名列全校第一名。我們都互相擁抱起來，跳呀笑呀，淚水都湧出來了。少梅領了銀盾回來，男生都把她高高舉起。這一個銀盾呀，正是我們班男女生緊密團結合作得來的成果啊。

那天休息，張振強忽然又唱：「弱者，你的名字……」全班都瞪着他，以為他舊病復發了，可是，他笑嘻嘻地從鞋底下拿出一隻剛踏死的甲由，高高舉起，說：「我是說這甲由啊！」大家都哈哈大笑，振強身旁的女生看見那「甲由」，不由得呱呱大叫地走避了。

六年班的女生要舉行一個「選美大會」，這主意是張比薇提出來的。

那天，幾個女生在操場上閒扯，比薇就提出這個玩意。周海倫第一個贊成，她平日就有一個綽號，叫做「狀王」的。她搶着說：「好呀！可是找誰做評判員？」張比薇賣關子的說：「你猜吧。」周海倫說：「我看，請 MISS 李做評判員最適當了，她穿的旗袍是全校先生最短的，上星期日她參加我們級的旅行，她穿的喇叭褲最標緻呢！」李麗麗在一旁卻說：「MISS 李的喇叭褲還不及你那天穿的迷你裙標緻吧！看這評判員應該由你來當。」周海倫不知人家在諷刺她，還挺高興的說：「真的嗎？那迷你裙是姐姐送給我的。不過，我還是不當評判員，當了評判員就不能參加這次選美了。」大家聽了都哄笑起來。陳小梅說：「你們別胡扯啦，班主任張老師恐怕不會贊成這玩意的，再說，不是人人也像周海倫那樣有這麼多新裝呀。」周海倫聽了老不高興，拉着她的「死黨」燕

105

娜的手説：「我們贊成呀！我們可以瞞着張老師的！」

這樣幾個女生爭吵起來了。這時候，張比薇説：「喂，別吵啦！我説的『選美』不是由我們來打扮。我的意思是——由我們每個人畫一個美麗的女孩子，然後看哪一個畫的女孩子最美麗。」她這麼説，大家都同意了。

周海倫雖然有點失望，但她還希望自己能畫出一個最美最美的女孩子的。回到家裏，她在姐姐房裏捧出一大堆時裝雜誌，東選西擇，找了一個晚上，找到了一個她認為最美麗的洋少女，就小心地印在一張白紙上，再照着這圖畫填上顏色。這圖畫裏的姑娘手腳纖細修長，脖子也出奇的長，臉兒白白，唇兒紅紅，周海倫也依着填色，還用藍顏色筆給它填上濃濃的眼圈兒，就像姐姐化妝用的什

麼「藍眼蓋膏」，海倫覺得美極了，她多希望那些顏色不是填在圖畫上，而是填在自己的臉上啊！她的姐姐比她大四歲罷了，她去年沒有上學，又是學「美容」，又是學「儀態」，海倫實在羨慕她姐姐哩！

第二天第一堂，是張老師的國語課。周海倫把課本豎立起來，就在書本遮擋下，拿出她昨天花了一個晚上畫的圖畫，在圖畫上寫了幾個字：「選美大會第一號。」然後又左看看、右看看的……

張老師正在講課，那篇課文是許地山寫的《落花生》，張老師朗讀得很有感情：「花生的好處固然很多，但它還有一種很可貴的特點。這小小的豆，不像那好看的蘋果、桃子、石榴，把它們的果實懸在枝上，鮮紅嫩綠的顏色，引人垂涎。它只把果子埋在地下，不能立刻辨出它有沒有果實，必得等你去接觸它，才能知道。」

同學們都留心地聽着。只有周海倫還拿着一枝藍顏色筆，給圖畫上的姑娘補顏色，讓它眼眶更藍一點，張老師一邊讀，一邊慢慢走近同學的桌子旁去。

「……那麼，人只要做有用的人，不必自炫其才能了……」張老師讀到這裏，突然停下來，周海倫覺得有點不對，急忙抬頭看看。哎！張老師就站在她座位一旁呢！張老師並沒有生氣，只把那幅圖畫拿起來看看，問道：「什

麼選美大會啊？」海倫囁囁嚅嚅的說：「這是……這是我們班女生的玩意，看誰畫的女孩子最美麗……」張老師默想了一會，說道：「那好極了，你們畫好的都交出來吧，讓我來做個評判員好不好？」班裏的女同學都只好把畫好的圖畫拿出來，張老師把圖畫都收集起來了。

張老師把十多幅圖畫拿到講壇上看了一會，就用畫釘把每一幅都釘在黑板上。本來有點害怕的同學都活躍起來了，大家都指點着那些圖畫小聲談起來。張老師好像故意讓大家討論一下，沒有禁止大家談論。

這些圖畫有兩三張是時裝雜誌裏的西洋少女模樣，有一張是一個壯健的女運動員，有一個是荷鋤、壯碩的鄉村姑娘。張老師微笑說：「我們剛講完了《落花生》這課書，現在大家都來做評判員吧。你們舉手看看，最多人舉手的圖畫就是最美麗啦！」

結果，周海倫畫的和另一幅圖畫最少人舉手，那壯健的女運動員和鄉村姑娘，卻最多人舉手。周海倫氣得漲紅了臉。

張老師說：「看交來的圖畫，大家都要畫一個心目中的最美麗的模樣，顯然，不少同學把裝模作樣的，蒼白纖弱的，妖裏妖氣的樣子看成是美麗的。這也難怪，在這個地方，無論電視、電影，一些書刊都是那樣教人的；什麼

選美大會，都是拿這些做美麗的標準。有些人就是把女性看做給男人欣賞的展覽品，表面說是欣賞，骨子裏是對女性的侮辱。從剛才大家舉手選舉看來，大家讀完了《落花生》這課書，明白了一點道理，也就改變了對『美麗』的看法了。」

同學們聽了張老師的話，心裏都佩服張老師諄諄善誘的方法。只有周海倫還不服氣，在暗裏嘀咕。

一個月後有一天，周海倫不知怎的在課室裏哭起來，同學們問她為什麼哭，她哭着說：「我的姐姐失蹤了半個月，最近一個親戚在一間酒吧裏找到她……現在我明白張老師說的話了……」

紀念冊的故事

　　前一陣子是「咪書熱」，準備畢業試嘛，大家埋頭埋腦，咪書到達白熱化的階段了。現在呢？畢業試剛完，卻是「紀念冊熱」。美霞的紀念冊最別緻，有鎖的，有鎖日記簿見過了，有鎖的紀念冊還是第一回見。璧玉的紀念冊也很妙，她買一個普通紀念冊回來，然後自己用新潮海報給它包一個新的封面。舒瑛的紀念冊封面更妙，她繡了一隻帆船，還繡上「一帆風順」四個字，然後用這繡布來包封面。而我的紀念冊最平凡，兩塊半錢一本，是咖啡色膠面的，裏邊是幾十張顏色紙。但我的紀念冊自從給張家明看過，傳開去了，就哄動了一羣人，搶着要看我的紀念冊。我真怕這麼你搶我奪的，那紀念冊會被撕成片片了，所以我舉得高高的，大叫：

　　「不行！現在誰也不准看，你們輪着給我寫紀念冊，總有機會細看啊！」

　　為什麼我這本平凡的紀念冊，會引起別人這樣大的興趣呢？這要謝謝教中一的

黃霜華老師。我的紀念冊，第一個是請她寫的，其他同學都沒有叫她寫紀念冊，因為她從來未教過我們，她一直是教中一的，跟我們的同學都不熟稔──當然，我是惟一例外的一個。

說來真有點因緣：我中學一年級是在印尼耶加達唸書的，到了中二，全家遷來香港，就到現在的學校唸書。到我升上中四的時候，就在學校碰到了我在印尼唸書時的中一班主任，那就是黃霜華老師。她說一九七〇年初她也從印尼來香港，並得友人介紹，來到這學校執教鞭，那真是太巧了，我們居然在香港同一間學校重逢。我們都懂得說印尼話，大家用說來是第二故鄉的語言交談，真有說不出的滋味！

跟着我考過畢業試了，我買了紀念冊，第一頁就求黃老師給我銘上金石良言。她收下我的紀念冊，我盼了一天又一天，等了一個星期她才把紀念冊還給我。

我高興地翻開紀念冊，啊！太有趣了，太別緻了，她把我這本平凡的紀念冊變得不平凡起來！

黃老師用印尼的特產──沙籠布剪了一棵椰樹的輪廓，把它貼在紀念冊的一頁上，又用椰子殼衣的細絲小心地做整頁的邊框，然後在當中寫上娟秀的字：

你在蕉風椰雨的地方長大，

願你保留熱帶生活的人那熱情和爽朗；

你血管裏流的是炎黃子孫的血，

願你保持中國人的忠厚和純樸。

願與毓秀共勉

黃霜華

一九七四年五月二日

　　寫得真有意思！還有別緻的沙籠布、椰衣。我曾看過家明的紀念冊，第一頁寫着「一寸光陰一寸金，寸金難買寸光陰」，這些陳腔濫調，再美麗的紀念冊都變得平庸了。

家明看過我的紀念冊，就追問：

「喂，誰是黃霜華？她寫得真好，還有剪貼呢！有意思，有意思！看了這紀念冊，我才知道你是在熱帶地方長大的，什麼地方，新加坡嗎？」

「不，是撒哈拉沙漠！」我扮個鬼臉說。

家明一連串的問話，不知叫我先回答他些什麼。後來，我慢慢告訴他，當他聽到黃霜華老師是我們學校一年級的老師，他搔搔頭，說：「我叫她也替我寫紀念冊，不知她答應不？」

我說：「人家不認識你的，不了解你，能夠寫些什麼？別麻煩她了。」我其實心裏自私，我要黃老師給我的題辭成為「只此一家，別無分號」！

家明拿了我的紀念冊，說替我寫，我鄭重聲明：「我不要陳腔濫調、拾人牙慧的話！」

他裝個鬼臉，說：「我寫『百尺竿頭，更進一步。』好嗎？」

我說：「你敢？」

第二天他把紀念冊還給我，居然有樣學樣，看了叫我笑得合不攏嘴。你道他怎樣替我寫紀念冊？

他不知從哪兒捉來兩隻螞蟻，用透明膠紙把螞蟻黏貼在我的紀念冊一頁上，然後在一旁寫着：

一隻螞蟻的力量是單薄的，

但一羣螞蟻能抬起一隻大象！

　　　願與毓秀共勉

　　　　　張家明

　　他這鬼靈精也確使我的紀念冊更出色，難怪同學們都要爭着看。而且這種方式居然成了風氣，班裏的同學互相在紀念冊上題辭的時候，都叮囑說：

　　「要像莊毓秀的紀念冊一樣，創新，再創新，我不聽陳腔濫調和抄錄名人格言一類的話。」

　　於是班裏就掀起了動腦筋寫創新的紀念冊題辭的熱潮。看看我的紀念冊，就覺得這種創新的可貴了。可惜我不能把這紀念冊每頁影一張照片印下來給大家看，如果你到我家裏來，我一定願意給你欣賞的！

　　你看小蕙的題辭吧，她把頭上一撮秀髮剪下來，然後細心地編織成一根小辮子，把這小辮子釘在我的紀念冊一頁上，寫道：「我們快分別了，希望你以後看見這小辮子，就記起我這個孖辮女，願友誼永固。」你說這樣的紀念題辭有意思嗎？

　　趙仲山是個集郵迷，他給我的紀念冊一頁上貼了五枚郵票，每一枚郵票的圖畫都是一種船，有帆船，有大輪船，

有新式的氣墊船……然後他寫道：「船在海洋中航行，它們需要羅盤的指引；我們在人生的路上，也要羅盤指引啊，願你找到了人生路途上的羅盤！」你說多有意思，文字之外還有精美的插圖——就是那些美麗的郵票。

有畫家之稱的葉允田，他居然在我的紀念冊一頁上畫了一座大炮，大炮射出炮彈，畫得很精細，然後在畫旁題辭，他寫道：「生活面前是戰鬥，戰鬥面前是勝利，勝利面前是謙虛。」

他畫的圖畫總離不開飛機大炮炸彈，連他的題辭也有火藥氣味，不過倒有深刻的意思，我十分欣賞。

最使我大吃一驚的是怪人劉紀鈞，他平日的言行都是怪模怪樣，綽號就叫「科學怪人」。他把紀念冊還給我，我打開一看，在藍色的一頁上，有一灘血紅色，他在一旁寫道：

「血的成分是紅血球、白血球、血小板，不能摻有雜質；人也一樣，除了正義、堅強和愛心之外，不能摻有雜質。」我以為這話似通非通，不過我關心的是那一灘血紅色究竟是不是真血，我纏着紀鈞追問，他後來扮個鬼臉說：

「是紅墨水嘛，誰肯為你灑血？」這樣我才安心，不過我以為這樣的創新是「走火入魔」了。

其實並不是我的紀念冊是這樣，我們班裏的紀念冊大

都是以這種方式寫的。有的貼一張舊照片，有的剪一角舊的抄書簿貼上去，有的灑幾滴水漬，算是別離之淚……總之，五花八門，我想這樣的紀念冊，十年八年後拿出來重溫，一定韻味無窮了。

我們的班主任張老師看過我們一些同學的紀念冊，他在一次班會中說了一番很中聽的話，他說：

「寫紀念冊的意義是在分別時給你的好朋友提供一份鼓舞的力量。那既然是你的好朋友，一定要說心底裏的話，要能代表你的性格，使幾年以至幾十年後你的朋友翻閱紀念冊，還能依稀記得你的言談和模樣。有些人寫紀念冊只是隨手抄錄一句前人的格言，自然既不能表現你的性格，也沒有說出你心坎的話，這樣只是徒具形式罷了。現在，你們有了創新，既有文字，又有圖畫，甚至有實物，這樣的形式好極了。但我以為不一定要故作驚人，過分花腦筋去出花樣。最好還是在題辭上多動腦筋，臨別時給你的好朋友說些心裏的話。我們不再一味抄寫前人的格言，這是好的方法，我一定把你們的經驗推廣給下一屆的畢業生。」我們聽了，受寵若驚。特別是我，要謝謝黃霜華老師，是她給我們帶來這種新風氣啊！

老校工

培叔是個老校工，他常對人說：「議員我也打過了，醫生罵過幾個，韋教務長嗎？我曾背着他涉水走了三條街。」說着他就很自豪。如果有人閒着，又有一份好奇心，要追問下去，他會看看牆上的掛鐘，然後點燃一口煙，告訴你二十、三十甚至四十年前的事。

「我一九三二年來這裏打工了，那年我才十六歲。那時學校在東街尾，早就拆了，現在這偌大的校園是一九五二年建的，全是舊生捐的錢，張偉興這頑皮仔在美國做了大商家，建校時光是他就匯來了一萬元美金，那時一萬元美金很值錢啦！我那時才一百元一個月薪水，不過，那時的一百元比現在的六百元薪水好用多囉！」

「打議員又是怎麼一回事？」聽的人不耐煩地問。

「啊！那是雷藻光嘛，他不是當了什麼議員嗎？」

「是官守議員＊還是非官守議員？抑

＊官守議員：本身是政府部門的官員，同時兼任議員的人。

117

或是市政局*議員？」

「這我可不知道，只是從電視中見過他發表議論，知道他是大議員啦，那就是雷藻光，不會錯的。那是東街舊校快要拆那一年，一天打響離校鐘後，我就見他拿着雨傘急急離開校門，可是，天下着雨，他卻並不打起雨傘。一面拿着雨傘，一面任由雨打，世界上哪有這種奇怪的事？我知道一定有古怪，便追前去，叫他：『雷藻光，你怎麼啦？』他看見我追來，反而發足勁跑了，嚇，那時我年輕力壯，他才是個十一二歲的孩子，他跑兩步我便抓住他了，我把他當小雞，抓到學校裏來，查問一下，才知道他偷了校園魚缸裏一條金魚，放在雨傘裏，怪不得下雨他也不張開雨傘了。那時學校的先生校長都走了，我為了懲戒他，從他書包裏拿出他自己的木間尺，啪啪的打了他三下手心。哈哈哈！那天我又從電視中看見了他，原來廿多年後他當了大議員啦！就是他呀，我用間尺啪啪的打了他三下，我記得的，就是三下。我沒有告訴校長，要不然，他恐怕要記大過，或者要趕出校門，唉，那麼廿年後他恐怕當不成議員了。」

---

*市政局：前身為一八八三年成立的「潔淨局」，負責香港的食物衛生、環境清潔、文娛康樂等市政服務。後來成立「區域市政局」分擔新界區的市政服務，而原本的市政局就負責香港島和九龍區。市政局和區域市政局都在一九九九年底解散。

「這麼説來，這議員是你打出來的。」聽的人打趣説。

培叔哈哈大笑，説：「不敢，不敢。」然後他又急急看牆上的掛鐘，把手上燒剩的煙蒂掉在地上，用鞋壓一下，又拾起來，拋到字紙簍裏。

「不過，有一個大醫生，也許是我罵出來的。」培叔説得興致濃了。

「罵出一個大醫生？」聽的人詫異了。

「可不是嗎？就是那替人開刀最有名的關正璧醫生。」

「噢，他是個外科專家呀，他也是這學校的舊生？」

「我還記得日本仔走了不久，第二年春季學校復課了。有一天早上，才上第二堂，三年班的班主任扶着一個學生走來，説：『阿培，這學生肚子疼得厲害，你送他回家吧！』這學生眉清目秀，看上去有十一歲，是個超齡學生了。不過跟日本仔打了幾年仗，耽誤了很多孩子的學業，學校裏十個總有六七個是超齡的。我上前扶着他，他就搓着肚子叫痛，我想起宿舍裏有藥油，我打算扶他到我的房子，讓他躺躺，替他抹些藥油，止一下痛，才送他回家。可是我拿出藥油，他就嚷：『不要藥油，不要藥油。』看他的樣子，好像一點也不痛了，我心裏有點明白了，我説：『那麼，我送你到醫院去，叫醫生給你打止痛針吧！』他驚慌地説：『不！先生叫你送我回家的！我不要打針！』

我說：『好，你躺一下，我去問清楚你的班主任。』說完我就離開房子，其實，我沒有離開，我在門縫裏看看他的動靜。哈哈，他坐起來了，還把玩我桌上的東西。我突然推門進去，他嚇了一驚，又忙捧着肚子叫痛。他是裝肚痛啦！」

「你又拿出間尺，打他的手心？」聽的人插嘴說。

「不，我只是打開他的書包，看看他的習作簿，看見簿上寫着他的名字──是關正璧呀，我記得清楚，心裏還說他改個女孩子的名字。我翻開他的習作，都是三十分啦，零蛋啦，丁等啦，D級啦。我明白了，他一定功課不好，害怕讀書，所以裝肚痛逃學。我就狠狠地罵他一頓，我說日本仔雖然打敗仗，假如我們中國的孩子不爭氣，不用功讀書，等到孩子長大，中國又要衰弱了，日本仔還要再打我們中國的。我說中國將來強大，都靠你們了。我說你長大了，還要當科學家，給中國造飛機大炮，給中國建高樓大廈的。我記得，我還說，你長大了還可以做醫生，把東亞病夫一個個醫好！我說得他哭了。他說淪陷時他跟爸媽逃到曲江，媽媽給日本鬼子炸傷，因為找不到醫生，看着媽媽活活痛死了；他說因為逃難，只斷斷續續地唸過兩年書，現在先生教的書他都不明白。我說：『你就是沒有志氣，中國打了八年苦仗，你有什麼困難比這八年抗戰

的困難多？但是，你看，中國不是打勝仗了嗎？你就把困難的功課當做日本鬼子吧，你一定能把它打勝的！』我真的說得臉紅脖子粗啦。這樣，他就抹着淚挽着書包回課室去了。他去了以後，我卻呆住了，我也不知道自己會這樣激憤，會說這麼多的大道理。往後我也好像不曾說過這樣的大道理了。而且，往後的孩子，也不會聽一個校役說大道理，現在的更別說了。」

「那你怎麼知道他當了醫生是你罵出來的？」聽的人顯然聽得津津有味了。

「後來他的功課漸漸好了，畢業以後，考到了有名氣的中學。偶然開舊生會，他回來，看見我，總親切的叫一聲『培叔』。直到他去英國那年，還給我寄來一張明信片。不過這也是他給我的最後一次訊息了。直到前些時從校刊裏，我才第一次看見關正璧醫生的頭銜。後來聽人家說，他是本市有名的外科專家。」說到這裏，培叔又燃第二口煙了。

「不過，聽說他收錢很貴，替人割一條盲腸也要一萬幾千。」聽的人說。

「唉，在路上碰到他他也不會認出我了。三十年前的道理，他怎麼還會記得。」培叔鼻子冒出縷縷白煙。

「這也難怪，現在已經沒有東亞病夫，這兒有的倒是

香港富翁，病向『錢』中醫，這也是一個道理。」聽的人微笑搖頭。

「不過，有一個人到現在還沒有忘記我的，那是韋主任。」培叔又看看掛鐘，然後吸一口煙。

「韋主任？就是本校的教務長？」

「對，就是他，他也是一個舊生。他來學校上任不久，就對我說起那件舊事。那時他才唸四年級，有一天，上課不久，天文台掛起七號風球*。」

「那是什麼風姐*呀？」聽的人説。

「那時候沒有風姐這摩登玩意，也不會由三號風球轉八號風球，風球是一級級上升的；那時教育司規定七號風球才停課，所以七號風球掛起，學生都先後走光了，但韋主任那時還留在課室，等家長來接他放學。可是，風雨越來越大，等到中午還不見家長來接他放學，他就求我送他回家，我把他背在背上，用雨衣從他頭上蓋到我的腰間，

---

*七號風球：相等於現時的八號東北烈風或暴風信號。以前香港天文台的熱帶氣旋警告信號有五、六、七、八號，但人們會誤以為這四個信號的嚴重程度不同，於是在一九七三年將這四個信號分別改為八號西北、八號西南、八號東北、八號東南烈風或暴風信號。

*風姐：最早期的颱風沒有名字，後來多用女性名字來為颱風命名，因而俗稱這些颱風為「風姐」。

像舞獅似的；出了校門不遠，水就浸到腳跟了，我就這樣涉着水，冒着風，把他送回家。家裏只有他的老祖母，原來渡船停止航行，爸媽在對海工作，大概困在對海了。韋主任真好記性，他還記得這件咸豐年的舊事。」

「那麼他一定對你不錯吧？」聽的人說。

「我是個校工，他是留學生，又是教務長，那總有等級差別了。不過，前年我的養子安插到本校的四年班去，是他出的力。」

「啊！那恭喜你了。外面有幾千人排隊，也想擠進這間學校唸書呀！現在你的孩子讀六年級了罷？」

「別提了，」培叔又把煙壓熄，掉到字紙簍裏，然後歎一口氣説：「這也難怪，這裏差不多個個學生都有私家補習，我的就是沒有；這裏十個有九個有私家車，我的孩子只有個窮爸爸，難怪他讀一天哭一天了。讀不上四個月，就退學了，現在他去了當學師仔*。雖然這裏每道門都是我開我關我鎖，可我的孩子就是進不來。」

「照理韋主任總還可以幫忙吧？」聽的人説。

「怎麼幫忙？叫人家掏腰包替我的孩子請私家補習嗎？總不成吧！不過，他也一直在替我出力，比如，照年紀説，學校要我退休了。但韋主任跟上頭説了幾句話，我還是留下來，不至於失業。」

「你為學校幹了大半生，也該退休，領一份可觀的退休金吧？」聽的人詫異地問。

「別天真啦！這學校的校工沒有領退休金的制度。退了休，一定要吃西北風了！」培叔説到這裏，一看掛鐘，啊，是放學時間了，他忙去按鈴。長長的鈴聲響過了，學生們都從課室湧出來，一個個白白胖胖的，哪一個是將來的議員？哪一個是將來的醫生？等到他們長大，培叔大概作古人了，他們還會記得為他們的母校流了一輩子汗的老校工培叔麼？

---

*學師仔：學徒，小徒弟，指跟隨師傅一邊工作一邊學習的人。

社會篇

名家導讀

緊貼社會生活　細繪孩子心理　宋詒瑞

　　何紫為小讀者寫的故事日久彌新，一直是本港孩子最心愛的讀物。這些故事究竟有什麼魅力能吸引着孩子們呢？我們從這「社會篇」的九篇故事中可找到這個問題的答案。

　　我們的孩子們不是生活在象牙塔裏，家庭、學校、鄰舍、親友……周圍的人物事物時時刻刻都在影響着他們、教育着他們。作為社會的一分子，每個孩子都要關心自己成長的環境，遵守公共秩序和道德準則，尊重每個人的勞動……何紫運用自己手中的一枝筆，巧妙地編織了有趣的故事，在孩子們所熟悉的生活情節中説出了這些道理。

　　《「花王」與皮球》中，花王如何收服不愛護花草的調皮男孩？沒有懲罰，沒有説一句大道理，而是用他對公園一草一木的愛，用他對孩子的愛心引發了孩子對大自然的愛。

　　《在陋巷理髮》和《偉民的「死對頭」》兩篇故事中，男孩瞧不起理髮師和工人，爸爸用的家訪形式讓孩子明白理髮師的可敬；媽媽則是用更實際的辦法——不許坐車，一路走回家——來教育孩子不應輕視每一職業：

「你既然瞧不起人家的勞動，為什麼還要享受人家勞動的成果？房子是工人建的，汽車是工人造的，壞車是工人修的，電視天線是工人來裝的，衣食住行，哪一些能離開工人的勞動呢？」

《華仔的一文大銀》、《洋娃娃的故事》、《補鞋佬的家》這幾篇中都記述了相識或不相識人們之間在危難時的互相關心與幫助，雖然只是一文錢、一個娃娃、一盞燈的事，卻凸顯了濃濃的平民情誼。

《新生的路》、《蘇美美和壽美子》不僅描寫了兩段不同的友誼，更觸及到更深沉的主題：追逐名利，在殘酷的現實中到頭來落得一場空！侵略戰爭給中日人民都帶來禍害無窮，上一代的災難要永遠結束了，讓兩國人民相親相愛吧。

《球場惡霸》中球場弱者受強者欺凌迫使他苦練的情景、新手從不善打球到球技得心應手的過程，以及《在陋巷理髮》中那男孩不願去陋巷理髮的心態，都描寫得十分細膩生動……這些都是熟悉兒童生活、了解兒童心理的何伯伯才能做到的。

宋詒瑞

兒童文學作家，資深普通話導師，香港兒童文藝協會顧問及名譽會長、香港作家聯會會員及監事，已出版各種兒童讀物及語文知識輔導書一百餘本，作品屢次獲獎。

「花王」與皮球

那是紅杜鵑盛開的季節。你看公園蔥綠的斜坡，綴滿一簇簇紅花，誰說紅色和綠色配在一起不諧調？綠草和紅杜鵑，不是把公園映得更明快，更爽朗麼？

整天和花作伴的張伯伯在斜坡間徘徊，輕鬆地吹響了口哨，不知是他氣色好，還是杜鵑花相映，他面龐也紅潤了。張伯伯是這公園的園丁，這兒的人都把園丁稱做「花王」，張伯伯把大片花圃栽培得欣欣向榮，把他叫做花中之王是當之無愧的。

突然，我們的花王張伯伯停了口哨，斂起了笑容，側身躲在一棵大榕樹幹後──呀，在數碼之遙有一個穿短褲的孩子，做着一件叫張伯伯傷心透的事：這孩子在偷摘杜鵑花。這孩子摘了一束，張伯伯覺得是人贓並獲的時候了，一個箭步從樹後奔過去，那孩子發覺了，急忙扔下花束，跑呀跑呀，像小老鼠似的竄走了，張伯伯畢竟老邁了，眨眼間那孩子已經無影無蹤。

張伯伯喘着氣回來，彎腰拾起地上的那束花，唉，點點紅瓣已經抖落滿地了，

叫人想起杜鵑啼血化作杜鵑花的故事。張伯伯捧着花束，只見他微曲的後背，不停搖着頭，沉吟着遠去了。

過了一個星期，好像誰都忘記了那件不愉快的事，山坡的杜鵑紅得更爛漫，誰曉得有個頑皮的孩子偷摘過這麼一束兩束？就是天上的太陽也忘記了，它透過樹梢，照着草地中間一條迂迴的通道，有一個孩子用腳在盤着一個小皮球，他的腳真靈巧，彷彿足球場上的名將，小皮球像黏着他的球鞋，在迂迴的通道上轉。足球場上的健兒，每當把球盤到龍門附近，總不免要大腳一踢，那才叫痛快啊！可是這孩子只是獨個兒在盤球，前邊也沒有龍門，這時，腳尖癢了，孩子終於起腳狠狠一踢，皮球凌空飛起，落在不遠的草坪上，孩子跳過「不准踏草地」的木牌，到草坪上去拾皮球，就在這時候，「殺出個程咬金」，有人拿着一根長木棒，這木棒下端有根尖銳的鐵針，鐵針不偏不倚，直插在皮球上，皮球「吱」一聲洩氣了。

孩子抬頭一看，大叫一聲：「呀！花王！」轉身飛也似的溜得無影無蹤了。

是的，那是花王張伯伯，他提起棒，把插在鐵針上的皮球拔出來，口裏沉吟說：「是他，可以肯定是他！」張伯伯捧着皮球，微曲着後背，不停地搖頭，嘴裏喃喃的遠去了。

又過了一段不短不長的時間，杜鵑紅得醉了，彷彿紅得累了，也許人們預感到杜鵑花紅的時間不長，公園裏賞花的人更是絡繹不絕。

在人羣中有一個穿短褲的孩子，本來公園裏有孩子並不稀奇，可是這孩子行動有點鬼鬼祟祟，躲躲閃閃，他忽而躲在進門不遠的石獅子後，背靠着石壁，偷偷看看前路，又飛一般溜到一棵棕櫚樹旁，他彷彿在跟別人玩着「追蹤遊戲」。

他俯着腰上石階，到了石階最高一級，又溜到噴水池邊，伏在地上，慢慢蹲起來，偷看前邊，沒有他心目中的「敵人」，就若無其事的站起來，裝做賞花的遊人，可是眼睛的視線從沒有落在花上，他在看四周的人。終於，給他發現目標了，他飛跑到不遠的葵葉叢中，探手到褲子的後袋裏，用勁一拔，拔出一個彈叉。他拾起地上一塊小石子，夾在彈叉的小皮塊裏，拉緊了橡皮，向花圃那邊瞄準，那邊，花王張伯伯正彎着腰在修剪花圃的枝葉，看得出那孩子的目標正是張伯伯的屁股。

「哎喲！」張伯伯叫一聲，撫着屁股，望望後邊，沒有人，葵葉也不見抖動，可是張伯伯明白是怎麼一回事了，他不張聲，站起來，停一停，突然轉身向葵葉叢那邊飛撲過去，果然一個孩子嚇得從葵葉裏竄出來，這回走慢了，

張伯伯已經揪住他的衣領。

「不是我！不是我呀！」那孩子害怕地拚命掙扎。張伯伯雖然生氣，可是還是沉着氣命令說：「你不用掙扎，好好站着！」那孩子果然靜下來，他知道是走不了的。張伯伯就放開了手，說：「孩子，我認得你，我也知道你為什麼用彈叉射我，因為我刺穿了你心愛的皮球，是嗎？」

孩子倔強的垂下頭，不說話。張伯伯說：「你跟我來吧。」就拉着孩子的手走向附近一間小石屋。張伯伯要帶

他進屋裏，孩子心裏害怕，說：「進去做什麼？」張伯伯說：「我把皮球還給你，你不信我嗎？好，我先相信你不會跑，你站在門前等我。」

孩子覺得奇怪，他真的站在門前等。張伯伯進去一會，拿出一個布袋，探手到袋裏，掏出那洩了氣的皮球，說道：「孩子，這皮球是你的嗎？」孩子點點頭，接過了那皮球。張伯伯又探手到布袋裏，又掏出另一個皮球，這是一個全新的皮球呢！

「孩子，」張伯伯看看這孩子，已經沒有了剛才倔強的神情，只是一臉狐疑，他和藹地說：「我還給你一個新皮球，我沒欠你什麼了吧？」

孩子說：「沒有，你沒有欠我什麼。是我不對，我不該踏草地。」

張伯伯說：「好了，現在，我沒有欠你，你倒欠我一樣東西！」

「什麼？我欠你什麼？」那孩子奇怪極了。

張伯伯又探手到布袋裏，這一回，掏出一束乾枯了的杜鵑花，枝頭已經沒有了艷紅的花瓣了。

孩子把頭垂得低低的，聲音有點嘶啞的說：「你……你還認得是我摘的？」

「當然！」張伯伯的聲音突然有點激昂，說：「花是

我栽的，葉是我修的，泥土是我翻的，害蟲是我除的，我認識每一朵花，當然認識每一個傷害它的人！」

這一回，孩子又慚愧，又害怕，腳也顫抖起來了，聲音也低沉了：「那麼⋯⋯我⋯⋯我該怎樣賠償你？」

小朋友，每當星期日清晨，你要是到公園的話，你一定會看見一個穿短褲的孩子，跟着一個老園丁在修剪花圃的枝葉。其實，那孩子只答應做四次，作為摘花和踏草地的賠罪，可是，這四次以後，孩子愛上了這園藝工作，愛上了清晨的公園，也跟着花王張伯伯那樣，愛上了每一朵花，每一根草，這樣，他就每個星期日都自動跑來，跟張伯伯一起工作。

寶明一個月理髮兩次，都是向媽媽要錢的。一個理髮全餐──剪髮、修臉、洗頭、吹風──就要整整八塊錢，當然那是最近幾個月的事。前年寶明還收小童價錢，去年他長高了足有三吋，看去不像個小童了，就收五塊錢，過了年，理髮價錢漲了，第一個月才漲到六塊錢，這個月就漲到八塊錢了。

湊巧，這次理髮寶明問媽媽要錢，媽媽剛沒有零錢，就說：「問爸爸要吧。」

爸爸說：「我也要理髮了，一塊兒去吧。」

寶明跟着爸爸去了。爸爸走得慢，寶明蹦蹦跳跳的走在前，一會兒，寶明來到「大上海」了──那是他一直光顧的全區最闊氣的理髮店。可是，寶明等了好一會，還不見爸爸來。寶明去找，一直摸回家去，只見媽媽在熨衣服，寶明就問：「爸爸呢？」

「你還不清楚？他跟你一塊兒去理髮的呀！」

「我跑在前，一會兒就不見他啦！」寶明説。

「啊！我知道啦，他去他的老地方理髮啦。」

「老地方？哪一間店子？叫什麼店名？」

「不是店子，沒有店名，喏，在明記士多橫邊那條巷子裏，他總是光顧那個理髮師傅的。」

寶明覺得氣死了，怎麼爸爸有闊氣的理髮公司不光顧，跑到那又窄又髒的巷子去理髮了？他一溜煙跑到明記士多附近的陋巷口，往裏邊張望，果然看見爸爸坐在一張木椅子上，有一個四十多歲、身穿白袍的師傅在跟爸爸理髮。爸爸看見寶明，忙説：「等一等吧，我快理好了，等一會張師傅給你理髮吧。」

「爸！」寶明説，「我去『大上海』，那兒地方闊大，又有冷氣，我常常到那兒光顧的。」

「什麼，你要去『大上海』？好吧，你去吧。」

「錢呢？八塊錢呀！」寶明伸手説。

「什麼？理一個髮要八塊錢？喲，差不多五斤米的價錢啦！孩子，還是光顧張師傅吧。才兩斤米的價錢，就有個『全餐』啦！張師傅手藝好，我光顧他幾年了。」

寶明老不高興，但爸爸的脾氣他是知道的，就噘起嘴巴站在一旁等了。

一會兒，爸爸理好了髮，他照鏡子，對寶明説：「看，

不錯吧！張師傅從前也是在大理髮店做的，現在又是老闆，又是伙計，落得自由嘛！」

寶明坐在木椅上，就覺得比不上「大上海」的理髮椅。白布蓋在身上，對着鏡子，看見張師傅在他身後微笑説：「留『的水』＊嗎？」

寶明的爸爸插嘴説：「小孩子要什麼長髮！給寶明剪高點吧。好了，我付兩個的錢，先走啦！」

張師傅一邊剪髮，一邊跟寶明聊聊。

「你叫寶明嗎？唸幾年班啦？」

「中一。」寶明答。

「啊，我也有個女兒，也是唸中一啦。你在哪一間學校唸書？」

「在 AC 中學。」張師傅問他一句，就答一句。

「喲，真巧，我的女兒也在 AC 中學的，你也許認識她。」

「中一有七班，我大概不認識她。」不知為什麼，寶明覺得在這陌巷做理髮的，寒里寒酸，那麼，他的女兒也一定寒酸，這樣，自己一定不會認識他的女兒的。

「她叫張冰梅。」

＊「的水」：鬢髮，在臉的兩邊、兩耳前面的頭髮。

「什麼！」寶明聽了，不由自主一晃，張師傅正替他修臉，嚇得連忙把剃刀舉起，說：「怎麼啦？割痛你啦？」

　　「沒……沒……沒……沒有。」寶明口吃地回答。

　　張師傅這才安心。他想起剛才寶明好像在回答他，他就追問：「你認識我的女兒吧。」

　　「啊，認識，她是跟我同班的。」

寶明怎麼不認識張冰梅！她是個班長，是個品學兼優生，還是班主任指定的寶明的數學科輔導員。寶明的數學科不合格，老師規定張冰梅幫助他。

唉！寶明心裏歡氣：糟糕了，爸爸是張師傅的老主顧，張師傅是冰梅的父親，這樣，自己在學校的舉動，總會透過冰梅傳給張師傅，再傳到父親耳中的。比方，寶明為了躲懶不做值日生，就跟張冰梅撒了一個謊話，說他有一個十分嚴厲的爸爸，要他一放學就馬上回家，冰梅就同意：凡是寶明輪值當值日生，冰梅就替他做放學清理課室的工作。而事實上呢，寶明放學就溜去看電影院櫥窗的畫片啦，百貨公司的玩具啦……這樣總要溜躂三、五十分鐘才回家的。

第二天，寶明就把冰梅拉到操場一角，神秘地說：「我知道，你爸爸是在那又髒又窄的小巷裏做理髮的。」

冰梅赤紅了雙頰，說：「你怎麼知道？」

「我當然知道了，不過，你放心，我不會告訴別人的。」

AC 中學是一間有點貴族氣的學校，在這兒唸書的不少是有錢人的子弟。難怪冰梅給寶明這麼一說，心裏有點慌張。

「不過，」寶明繼續說，「你也得替我守秘密。」

「什麼秘密？」冰梅奇怪地問。

「沒什麼，不過，你不要把關於我在學校的事告訴你爸爸，比方，我的數學由你來輔導，還有你替我做值日生的事。」

冰梅不明白，她覺得這不是什麼秘密。不過，她心裏很不高興，她轉頭就跑開了。寶明還在後邊叫：「你不說，我也不說！」

冰梅回到課室的位裏呆坐，越想越氣，自己的爸爸做理髮，有什麼不好，算什麼見不得人的秘密！那天，她回到家裏，就把一肚子冤屈氣告訴爸爸，眼眶也紅了。爸爸撫着她的頭，心裏想：「趙先生是老好人，他的孩子長了白鴿眼*，為了寶明好，我是應該告訴趙先生的。」

那一天，寶明的爸爸——趙先生——理髮回來，吃過晚飯，就對寶明說：「寶明，我帶你去找個朋友坐坐好嗎？」

寶明高興極了。因為爸爸帶他去街，總有東西吃的。

那是一幢舊樓，寶明跟着爸爸上到二樓，敲一下門，門開了，寶明呆了一下，怎麼開門的是冰梅！

張師傅和張太太客氣的迎上來。趙先生有禮的跟張師

---

*白鴿眼：勢利眼，形容人根據別人的地位、財力等條件而用不同的態度待人。

傅握手，進裏邊坐下。寶明即侷促地站在爸爸身旁。

屋子雖小，卻使人覺得挺舒服，一張收拾整齊的臥牀就在眼前，牀前一張書桌，一側有一個萬能角鐵造的書架，圖書整齊地放着。趙先生問：「這就是冰梅的書桌和臥牀麼？」

這時冰梅端來了茶，遞給趙先生和寶明，寶明慚愧地垂下頭——他想起在學校自己說的一番話；他又想起自己家裏書包就拋在牀頭，書本有的散在地上——那對比太強烈了。

趙先生只跟張師傅和張太太閒聊，一會兒冰梅又端來了蓮子雞蛋糖水，大約是早煮好的。趙先生不停地稱讚冰梅：功課好，會做家務，人有禮貌。他們卻誰也沒有說寶明一句。

坐了一個多鐘，趙先生和寶明告辭了。回家的路上，爸爸問：

「寶明，冰梅是你的同學，是麼？人好嗎？」

寶明點點頭，說：「她人很好。」

「她有值得你學習的地方麼？你尊敬她的爸爸麼？」

寶明眼眶發紅，淚水滲出來了，他心裏覺得火辣辣的，慚愧極了。

街燈照着他父子倆，影子由長變短，又由短變長了。

學校後園一角有一塊爛地。小學的時候我們在那兒開闢了一個菜園，種過白菜和菜心，還有不少收穫。升上中學後，就聽見老師說，校長要把這塊空地鋪上水泥，造一個籃球場，我們捨不得那塊菜地，但心裏還是高興。

不到一個月，這一塊泥地變成又平又滑的石地了，還裝上兩個籃球架，一個周末，學校舉行一個慶祝籃球場落成的儀式。儀式之後，就有一場籃球比賽，一方是老師裏選出來的教師代表隊，另一方是同學裏選出來的學生代表隊。雖然我家附近的公園也有籃球場，常常看見人們在為那球兒你爭我奪，可是我從沒有看過一場自始至終的籃球賽。這一次看我們的教師隊對學生隊，是我第一次看籃球比賽了。

我們一羣同學做老師的啦啦隊。看着平日嚴肅地授課的老師，一改常態，輕鬆活潑的在球場上蹦蹦跳跳，我們都覺得異樣的親切。教國文的黃老師也上場去，他大概有四十多歲了，頭髮也有點花白，平

日西裝筆挺，文質彬彬，這天穿着運動短褲，看上去真年輕十多年，他每射入一球，全場都報以最熱烈的掌聲！

這場球賽真引起我們對籃球的極大興趣。看這一邊進攻，那一邊防守，每一個健兒都各有各的崗位，一個緊盯着一個，執球的有時拍着球前進，有時向上傳球，有時在胯下傳球，有時還揮一下手，做一個假動作，防守對方以為他要向高傳球，向上一跳，可是球兒卻向下傳去了。當球兒給對方搶去，形勢又剎那間改觀，啦啦隊又不停地高叫喝彩了。這場球賽結果，是四十八比五十八，學生隊勝了。黃老師說：「這是長江後浪推前浪嘛！」

上體育課的時候，同學們都紛紛向老師建議，教授我們打籃球。老師也答應了，把我們班分成幾個小隊，我居然是其中一個小隊的隊長，可是不怕見笑，我連籃球也不曾拍過。

第一次拿着那大大的籃球，覺得有點笨重，一隻手似乎拍不動，要兩隻手一起拍，體育老師要我們以單手拍球，可是拍幾下球就不聽話的滑走了。我們又學傳球，起初球兒擲過來，我真的精神很緊張，頭幾次自然捱「波餅」了，後來能接牢球了，也像抱孩子似的。學射籃最有趣，看老師輕輕一舉球兒就上了籃了，我實在「舉」不上籃了，要像拋大石似的兩手拋上去，有時也僥倖「穿針」*，射中

了籃架。不過，像老師説的，熟能生巧，經過幾個月，球兒變輕了，拍球有點勁，傳球也接得穩，就是射籃還要用「拋柴」*式。我對籃球的興趣越來越濃厚，可是除了上體育課，難得玩球，放學後像「趕鴨仔」似的大家都被趕離學校，只能望着那空空的球場興歎。

　　這樣，我開始想起我家附近的公開的籃球場來了。一天放學，我回家放下書包，溜到公開的籃球場去，籃球場上一個籃球架圍着一些人，卻有兩個籃球，有的人拾了射上籃去，另一個人搶了又射上籃去，他們不是在比賽，只是在圍着射籃，這樣，我也走到人堆中去，籃球落在我頭上，我接起來，投上去，沒有人覺得詫異，我就大着膽子，跟那羣全不相識的人玩在一起了。

　　從此我放學後就溜到球場上玩一個小時，玩幾次，我認識了兩個和我年紀相若的朋友，一個叫德仔，也是個學生，另一個叫阿牛，是在一家雲吞麵店做送外賣的。阿牛有一個「私家波」，是他自己買的，他是個「有波之人」，也就神氣一點，不過他對我很友善，見我來了，他總拾起

---

*「穿針」：指籃球入籃時，沒有碰到籃球架和籃板。

*「拋柴」：又叫「拋投」，投籃時用單手把籃球拋高射向球架，
　　籃球的拋物線較高，而且投球時動作快速，藉以越過對方的
　　防守和阻攔。

球拋給我，我偶然投籃射中了，他就拍手說：「喂，開齋*啦！」不要以為和尚才有開齋的時候，我們玩籃球的，也有「開齋」的。德仔是我們三個中最有一手的一個，他拍球有勁，傳球有「型」，還會「走籃」，看他拍着球向籃底「一、二、三」，總是剛好三步，走近籃底，這樣輕輕一躍，單手把球投進籃去，常常「穿針中籃」，我真羨慕他。

我自然是最「水」的一個。還受過一次極大的屈辱。有一次我幾番搶不到球，一個「大牛龜」*嘲笑地說：「你真可憐，來，送你一球吧。」這樣，他突然用勁把球向我擲來，我不提防，球擲中左邊面頰，這「波餅」叫我暈頭轉向，那「大牛龜」，還有他們幾個朋友，爆出哈哈的狂笑聲。我卻淚水也濺出來了。在旁的人好心拾起球遞給我，我接過球就向上擲，也許那「波餅」使我有點暈眩，那一球連球架也沒有碰着，「大牛龜」他們又是一陣狂笑，嘲諷地說，「去執波屎吧，學什麼打籃球。」

阿牛大概也看不過眼，立即收起他的「私家波」，要

---

*開齋：本指解除素食的戒律，開始吃肉喝酒等，粵語中的「開齋」還有第一次成功的意思。

*「大牛龜」：像牛一樣大的龜，粵語裏表示物件的體形龐大，這裏借指一個身材高大的人。

走了。我和德仔也跟着走。不料那大牛龜眨眨眼，忽然大喝一聲：「喂，不准把球帶走。」

阿牛轉過頭站着，說：「球是我的，我有事要走了，怎麼不能把球帶走？」

「哼，本大爺沒有玩夠！」這時候那大牛龜露出一副流氓相了。我暗叫糟糕，怕會惹事，低聲對阿牛說：「就再玩一會吧，不要為了我……」

阿牛卻大聲說：「惡人我見得多了！」就這樣手臂挾着球，頭也不回向前走，我心裏卻「呼呼」的跳，也跟着走，卻盤算着那大牛龜會跑過來，可是走出了公園，還不見有人追來。

離開了公園，我才說：「奇怪，我以為要打架了！」阿牛說：「人不犯我，我不犯人。那大牛龜知道我在漢記做工的，漢記的伙計都很齊心，他是知道的。」

這天我回到家裏，就想着自己也該有一個籃球。第二天到附近的文具店去看看，店裏掛着各種籃球，有的是皮造的，標價四十元，太貴了，但有的是橡膠造的，最便宜的一種才十一元一個。我連忙回家拿了上學期的五、六本舊課本，跑到舊書攤去，剛好賣了十三塊錢。這樣換了一個便宜的籃球，還有兩塊錢剩。我急忙去找德仔，他是住在 C 座十一樓的，德仔高興地出來，跑到漢記雲吞麵店對面街去，吹一聲長口哨，阿牛聽見，就出來了。他倆看見我拿着一個新籃球，都說我升級了，也做起「有波之人」了，我說要請大家喝汽水，在附近的士多要了三瓶汽水，說來慚愧，我拿出兩元，才知道還欠一角，要阿牛給我補上去。三個人拿起汽水瓶，就把瓶子互碰到乒乓響，算是向我祝賀。

我放學後沒有到球場去了，先把功課做好，吃過晚飯後，才拿着籃球，獨自溜到球場去。這時候人已散，我獨佔一個球場，藉着月色，我也能投籃。我站在罰球界上練習遠射，頭幾次總不到籃，可是練了十回八回，也射到籃板了。我也學阿德走籃的美妙姿勢，拍着球跑到籃底才躍

起射球。我又用勁把籃球擲向牆邊，籃球彈回來，我搶過去接着。

苦練了兩個多月，我獨自練球，練膩了，我又回復放學後到球場去了。我拿着籃球來到熱鬧的球場上，沒有來兩個多月，玩球的人換了不少新面孔。奇怪的是不見阿牛，不見德仔，而且也不見那大牛龜。有幾個熟的看見我拿着籃球來了，都向我吹響口哨，也許這表示詫異，或是表示歡迎吧。

第二天，我放學後又到球場去，這一回看見德仔，我連忙問為什麼不見阿牛，德仔説：「他不來一個多月了，我找過他，他説那雲吞麵店生意不好，老闆辭了一些伙計，現在他除了做外賣之外，還要做樓面工夫，沒有時間出來了。我也不常來，自從阿牛不來，那大牛龜常衝着我來欺負我，我怕惹事，也就不常來了，不過聽説最近那大牛龜也少來了。」

我把球射向籃架，一轉頭，就看見那大牛龜向着球場走來了。德仔也看見了，忙説：「喂，走吧。」我學着阿牛的語氣：「人不犯我，我不犯人！」

那大牛龜眼裏果然有點殺氣。他搶過了球，便説：「喂，執波屎的，很久不見啦！」説着就用勁把球向我擲來，我早有準備，把球接住，瞄準了籃架投去，「嗖」的

一聲中籃，人羣中有人説：「好波，果然是有波之人！」

那大牛龜又躍前搶去籃球，説：「什麼？這是那執波屎的籃球？喂！你知不知道我們有了一條新例？」

我鎮定地望着他。他把球拍到罰球界，然後冷冷地説：「帶外波來有個規矩，要在罰球界上射三球，射三球中三球，可以帶波來自由出入。射三球中兩球，要全場走清了人才可以把波帶走。哼哼，如果射三球只中一球，這個波就充公！」

旁邊也有人冷冷地説：「如果三球也不中呢？」

那大牛龜一副流氓相的説：「那容易了，像狗一樣給我爬出球場去，以後休想再來！」

旁邊有人哈哈大笑，也有人露出不平的眼光。但德仔卻在為我着急。

我恨透那球場惡霸，我努力鎮定自己的情緒，慢步走到罰球界，接過了球，拍了兩下，然後穩穩地拿着球，向上一舉，籃球脱手向籃架射起，清脆地投中了，場邊有人為我鼓掌！德仔走到籃底為我拾球，把球傳給我，用鼓勵的目光望着我。我又射第二球，這球還是那麼清脆，射中了！叫好和鼓掌聲更多了。有人把球拋給我，我吸一口氣，正要把球射出，忽然有人向我一撞，我轉頭看一看，是那大牛龜想當我射球時撞我的手肘，使這一球誤失。我

瞪他一眼，趁他呆一下的時候，我再向上一投，這一球在籃架邊彈幾下，終於穿過籃架圈。全場鬨然大叫，連大牛龜的朋友也喝彩。那大牛龜卻灰溜溜地走了。德仔和幾個人走過來，把我抬起。

　　不過，事後我倒有點餘悸，覺得那球場始終不是塊福地，我臨走時把籃球送給了德仔。以後，那球場再沒有我的腳印了。

華仔的一文大銀

一條長長的斜坡路。在香港這個依山傍海的山城，你一定見過這樣的斜坡路的，從斜坡路慢慢往上，兩旁是四層高的樓房，樓房和斜路之間，有一條斜斜的水泥坡，這個斜坡，平平滑滑，於是，便成了孩子們的滑梯了。

「雪——」孩子們一邊滑，一邊嘴裏「雪雪」有聲。

忽然，有人大叫：「華仔，快回來，昨天磨爛一條褲了，今天又玩這磨穿褲的遊戲嗎？」

孩子們都循着聲音抬頭看，是三樓有人從窗口伸出頭來叫喊。孩子裏有人跟着叫：「華仔，阿婆罵啦，快回家替阿婆煮飯吧！」

那個叫華仔的剪了個短頭髮——人家個個時興長頭髮，他卻偏偏剪了短頭髮——看去有十一歲了，他從那水泥斜坡滑下來，抬頭看看樓上，再向取笑他的人扮個鬼臉，就飛也似地跑上樓梯，回家去了。

華仔就住在斜坡路側的一幢舊樓上邊，他跟阿婆一起住，沒有人見過他的爸爸媽媽，有人問過他，他就搔搔頭，說：「阿婆說他們在鄉下，住在舊時的地方。」然後，又向人家耍耍拳頭，說：「你問我爸爸媽媽做什麼？關你屁事！」

華仔上樓，轉瞬間又下來了。看他多麼神氣，手裏拿着一個一塊錢大銀，拋上拋下的，那些在斜坡上玩滑梯的人都瞧瞧他，有一個說：「華仔，請吃東西吧，上次我請你吃牛肉丸，你答應下次有錢請我吃魚蛋的。」

華仔把拋起的大銀接着，牢牢執在手掌裏，彷彿真的怕人家來爭似的，華仔說：「這文錢阿婆吩咐買兩個橙的，要吃魚蛋下次吧！」

有兩個孩子真的要過來跟他鬧着玩，要搶走他手裏的一塊錢，並且說：「橙有什麼好吃？吃魚蛋啊，一文可以買到兩串了，咖喱魚蛋檔在前邊路口啦！」

華仔把手高高舉起，說：「不行，不行，阿婆要吃橙，她便秘兩天了，她說一連吃兩個橙，病就好了。」

忽然，又是樓上的聲音：「華仔，又跟樓下的人說什麼？快給我買回來呀！」

華仔往斜坡馬路走，幸好那些孩子沒有追來，他走不多遠，就來到昆記士多了，那士多門前擺滿了橙，華仔隨

便拿起了兩個，把一塊錢交給店員，那店員看看那大銀，搖搖頭說：「一元九角兩個，你拿一元只能買一個，這不是豆泥橙呀，這是金山橙，快多拿九角錢來吧！」

華仔搖搖頭，說：「就給我買兩個吧，我只有一塊錢。你可以揀兩個小一點的給我的。」

那店員擺擺手，不耐煩地說：「不行不行，快把橙放下，買兩個橙也講價，這樣的生意不做啦！」

華仔聽了，心裏很不服氣，就賭氣地把拿着的兩個橙

用勁擲回橙堆上。可是，糟糕了，那堆得滿滿的橙，立即滾了幾個在地上，而且，你知道這士多開在斜坡路一旁，橙滾在地上，立即沿着下坡路滾去了。華仔嚇得急忙去追，幾個圓滾滾的橙在斜路上滾呀滾呀，華仔拚命的追呀追呀。華仔聽見後邊也有追趕來的聲音，回頭看看，原來那士多的伙計也在後邊追來，看樣子他不是在追橙，而是在追華仔哩！

華仔心裏一驚，腳步慢下來，那追趕來的伙計追上了，一把抓住他的衣領，説：「哼！你這頑童，故意推倒我的橙嗎？快賠呀！」

華仔又急又驚，叫道：「我不是有意的！我在替你把橙追回來呀！」

那伙計説：「追個屁，拾回來也滾爛了，快賠呀！」

華仔只好把手上的一塊錢遞上去，説：「大佬，我只得一塊錢，要賠也只能把這一塊錢賠給你。」華仔真怕那人會揍他一頓。

那伙計憤憤地搶過他的大銀，用勁搖他幾下，説：「哼，下次再來胡鬧，我不客氣了！」

那伙計拿了華仔的一元，就回頭走。華仔呆呆地立在路上，他想起這一元是阿婆叫他拿去買橙的，因為吃橙才能醫好她的便秘啊！可是，現在沒有了錢，怎麼買橙呢？

怎樣回去對阿婆説呢？她一定會一天到晚説個不停，罵他不中用了。

華仔心裏正煩，看見前邊有一個小姑娘走過，華仔認得她住在他家對門的裁縫店。她的衣服多麼舊呀，衣袋附近還有一個小洞，那個洞有小指頭那麼大。忽然，華仔又看見一個大銀滾到地上，似乎是從她的衣袋滾出來的。是一個大銀呀，華仔剛剛給人搶去了大銀，所以對大銀特別留意，大銀跌在地下，就向斜坡路下邊滾了，滾得多麼快呀，華仔在後邊追，趕呀追呀，哎呀，謝天謝地，大概因為路面不平，大銀拐了一個彎就停下來了。這一來，大銀追到了，華仔看見那閃閃亮的一元大銀，就忙把它拾起來。他以為那裁縫店的小姑娘一定會跟着追來的，可是，抬頭看看，不見那小姑娘跟來。華仔拾起那一元，腦子就想起剛才給那士多伙計搶去他的一元，現在，他正好拿這一元補數啊！

轉念間，華仔又搖搖頭，自言自語説：「不行，我不能貪心，這大銀不是我的，是那位姑娘的。」但是，他的手卻牢牢地執着那一元大銀，華仔還是希望僥倖那一元沒有人來領取。

他還把一元拿回家去。可是，剛回到家門，就聽見對面的裁縫店傳來責罵的聲音和孩子哭泣的聲音。華仔走近

去看看，啊，正是那掉落了一元的小姑娘在哭，她的媽媽還在一旁痛罵她。

華仔急忙走前去，把執在手裏的一元大銀送上去，説：「就是這一元嗎？」那婦人回頭看看，莫名其妙，那小姑娘也莫名其妙，華仔放下大銀，飛也似地跑回家去了。

華仔回到家裏，阿婆説：「怎麼？沒有給我買橙嗎？」華仔垂下頭，慢慢的把那一元大銀的故事告訴阿婆。阿婆微笑説：「華仔，你真是我的好華仔！」

過了元宵節，小琴開始結算她的利市錢了，數一數，有九十五元五角。她答應過媽媽，拿一半送回媽媽的。媽媽只有她一個女兒，人家給她一封利市，媽媽要回給別人兩三封，就拿左鄰右里來說，那一家的孩子都比她家多，小琴媽媽付出的利市錢，一定比九十五元再多幾倍，小琴是明白的，所以，她自願把一半利市錢給回媽媽。

剩下來是四十七元七角五仙。小琴早就決定要買一對金筆送給翠碧姐。翠碧姐在三月中就要離開香港到澳洲去唸書了，這幾年來她都是小琴的義務補習教師，上學期小琴考試英文有八十分，多虧她的指導呀！媽媽替小琴把一對金筆買回來，共費了三十二元，小琴一點也不吝嗇，就從利市錢中拿出三十二元給媽媽，然後小心翼翼地把用花紙包好的金筆拿去給翠碧姊。

這樣，再數一數，小琴剩下十五元七角五仙了。小琴要買一個新書包，她那舊

書包用了兩個學年了，手挽的帶也斷了。她到文具店裏揀一個帆布造的，要十塊錢。這樣，小琴有了一個新書包了。

　　媽媽問小琴説：「小琴，你還剩下多少利市錢啊？」小琴數一數，剩下五元七角五仙。媽媽説：「你也該買一件你喜歡的玩具吧。」小琴不響。她知道隔鄰小芬就用利市錢買了一個玩具琴，那琴是要用電池的，輕輕一按琴鍵，就會奏出美妙的音響。她也知道對門的阿強就用利市錢買了一個電動超人，一按鈕，那超人的眼睛就會閃着光，肚皮還會張開，伸出兩枝槍，「突突突」地響個不停，阿強這時候就神氣地又叫又跳，彷彿他也變成電動超人了。小琴還知道其他鄰居的小朋友都有了新的玩具，都是用利市錢買的。可是，小琴一直就沒有用利市錢買過一件玩具。

　　小琴知道在樓下郵筒的附近有一個玩具攤子，她每天上學放學都經過那兒的。記得這玩具攤子擺着些模型車、玩具槍，大洋鼓、鐵甲人、小毛熊……不過，小琴一直沒有太多注意，偶然也會瞄一下，從沒有駐足細看過。現在，小琴聽媽媽這麼説，她便到樓下擺賣玩具的攤子再看看，看看有沒有又合意又便宜的。

　　小琴一眼就看見一個洋娃娃，她有一把漂亮的長頭

髮，面孔造得像真的一樣，眼睛用玻璃珠子造的，還有長長的睫毛，它穿着一襲花裙子，很美麗。小琴蹲下來，輕輕撫着洋娃娃的長髮，自言自語説：「呀喲，好漂亮的洋娃娃哪！」

賣玩具的是個和藹的老頭子，他立即拿起那洋娃娃，送到小琴的跟前，説：「把它搖一下，它會叫媽媽，把它仰起來，它會閉起眼睛睡覺，這個洋娃娃像你一樣漂亮呢！喜歡嗎？拿錢來買吧。」

小琴看見那賣玩具的老頭子這樣招呼她，她倒不好意思。她心裏想，這樣好的洋娃娃，一定賣很多錢，可是，她只有五元七角五仙，她一定買不起。這樣，小琴就紅着臉，搖搖頭，多看洋娃娃幾眼，就回家去了。

回到家裏，媽媽問小琴説：「怎麼？沒有買玩具回來嗎？」小琴搖搖頭，她不敢叫媽媽買，因為除夕前一天，爸爸做事的工廠就關門了，現在爸爸還找不到工，她不能再花爸爸媽媽的錢。

第二天，小琴又經過那玩具攤子，她站着看了又看，可是，卻看不見昨天見過的洋娃娃了。小琴呆呆的站着，那老頭子知道她要找什麼，説道：「找那洋娃娃嗎？昨天晚上賣了！」

小琴覺得鼻子發酸，她匆匆走開了，眼睛變得水汪汪的，她沒猜到自己會為那洋娃娃哭起來。

第三天，小琴放學的時候又經過那玩具攤子，她故意把臉轉到另一邊去，不敢看一眼。可是，那老頭子説：「喂，小姑娘，你看一看呀，看一看有什麼東西擺着？」

小琴回頭來看一看，呀！那洋娃娃又回來了，而且不只一個，還多了一個。小琴蹲下來，看清楚她心愛的洋娃娃。

「嗳！」小琴看了好一會，才輕輕地問，「怎麼兩個洋娃娃一模一樣的？誰是姐姐，誰是妹妹？」

「是孿生的嘛！這一回，你要快點買了。」老頭子説。

提起了要買，小琴心裏煩亂了。她不好意思的，輕輕

地問：「多少錢一個？」

「不貴，七塊錢一個。」

七塊錢真的不算貴，小琴以為要幾十元哩，可是，她知道放在書包裏的筆袋內，只有五元七角五仙。

小琴紅着臉，又想走，可是腳還是站着，她終於鼓起勇氣訥訥地說：「老伯伯，我……我只有五塊錢另七角半，我……我可以幫你做些什麼，你便宜一點賣給我嗎？」

老頭子沉吟了一會，說：「這這……本錢也不夠呀。這樣吧，我正有點事要走開一會，我知道你是個挺乖的小姑娘，你替我看守這玩具攤子一會，我回來後，就便宜一點賣給你吧！」

小琴高興地連連點頭，說：「行！我一定好好替你看守着這攤子的。」

小琴坐在小櫈上。她拿起那兩個洋娃娃，左手抱一個，右手抱一個，傻里傻氣地說：「喂，洋娃娃，等一會兒伯伯回來，你倆其中一個要跟我回家啦！你倆誰願意跟我一起呢？」

小琴搖搖左邊的，左邊的洋娃娃就點點頭，小琴又搖搖右邊的，右邊的就眨眨眼睛。小琴說：「不行呀，我不能把你們兩個都帶回去的。唉，你們是一對孿生的好姊妹，就快要分開了。」

忽然，小琴聽見有個孩子説：「我要，我要那個！」她抬頭看看，看見一個衣衫襤褸的婦人拖着一個五六歲的女孩子，經過這玩具攤子。那女孩子不肯走的站定了，指着小琴抱在懷裏的洋娃娃，大叫着：「我要！媽，我要那洋娃娃！」可是那婦人好狠心，硬要拖着那女孩子走，還説：「快走，那些東西是不賣的！還不走，人家要罵你哪！」

小琴看見，就忙把一個洋娃娃送到那女孩子跟前去，那婦人卻硬拉開那女孩子，不讓她碰着那個洋娃娃。

「不！不！我要！我要！」那女孩子伸着手，大哭起來了。小琴看看這女孩子，頭髮稀疏，臉兒瘦削，哭起來淚水鼻涕橫滿面，樣子十分可憐。小琴看見那女孩子呼天搶地的叫喊，她心也酸了，急忙上前把洋娃娃送到那女孩子懷裏，那女孩子抓住了洋娃娃，就緊抱着，哭聲也止了。

「啊！」那婦人説，「小姑娘，我們買不起呀。」

「那就……那就……」小琴訥訥的終於説出要説的話：「那就送給她吧。」

那女孩子已經破涕為笑，滿足地摟緊那洋娃娃。小琴看看她的笑臉，心裏也有説不出的高興。那婦人説：「這麼，這麼怎好意思啊！我們就在街尾那裏……在那裏討

錢。那洋娃娃玩一會還給你吧。」

「我要！我要！我一定要！」那女孩子聽見媽媽説要把洋娃娃還給人，又恐慌地牢牢抱緊洋娃娃大嚷。

「不，不要你還的，這洋娃娃一直陪着你！」小琴連忙安慰她説。那女孩子又現出滿足、嬌憨的神情了。

小琴目送那婦人抱着那女孩子走遠了。一會兒，那老頭子回來了。

「你真乖，」那老頭子説：「行了，那洋娃娃便宜一點賣給你啦。」

小琴忙從筆袋裏拿出五元七角五仙，交給那老伯伯。老伯伯看看只有一個洋娃娃，説：「怎麼，還有一個呢？」

小琴口吃地説：「對不起，我的一個……已經……已經叫人拿回家了。」

老頭子還是莫名其妙，小琴忙謝謝老頭子，匆忙挽着書包回家。小琴雖然還惦記着那洋娃娃，但她想起那可憐的女孩子有了玩伴，想起她滿足的表情，她就禁不住哼起輕快的小曲回家去。

偉民的「對頭人」

那天，記得是星期六，趙偉民放學便像趕去救火似的，拿着書包飛奔到車站，急急回家去，因為他爸爸買了一部彩色電視機，聽説星期六上午便送來了。回到家裏，看看昨天爸爸留空了的牆角，那牆角是準備安放那部新的電視機的，但是，還是一個空空的牆角，偉民失望地高聲叫：

「電視機呢？電視機呢？」

「還沒有送來啊。」媽媽從廚房裏出來，説道，「也許下午吧。你快快做好功課，那麼明天星期日，你可以看個夠了。」

吃過午飯後，偉民翻開書包拿作業簿，但是東翻西翻，卻不見了算術課本，書裏有十五題習題要做的，這把偉民急壞了。他想想，今天匆匆忙忙趕回家，恐怕課本遺留在學校的書桌裏，那怎麼辦呢？

媽媽知道了，説道：「回學校去找吧，總要把功課做好，爸爸説過，功課不做好，不准看電視的。」

回學校去找，本來這是最好的辦法，但是偉民擔心校工不准他進去，特別那個

「金牙老鼠」——這綽號是偉民給他改的，那校工門牙上鑲了個金牙，偉民就叫他做「金牙老鼠」。偉民見過那校工洗廁所，他看不起人家，還説：「是老鼠嘛，當然不怕髒！」偉民知道今天他回學校去，如果遇到這個校工，他一定會阻止自己進學校的。

媽媽卻催着説：「還猶豫什麼？你回學校去，回來的時候，順道到樓下的洗衣店把我拿去乾洗的一件外套拿回來吧。」媽媽説完了，找出了一張洗衣單，還有十元洗衣費，交給偉民，叫他小心放在錢包裏，便又催着他去了。

偉民硬着頭皮，乘車回到學校去。他站在校門，探頭進去看看，裏邊沒有一個人，他便躡着腳走進學校，再循着樓梯上二樓，來到了他的課室，哎！不好了，一個校工正在裏邊打掃課室，看一看，偉民差點兒叫起來——「金牙老鼠」，正是偉民心裏的死對頭，偉民只好躡着腳再回到樓下，他跑到了操場，平日鬧嚷嚷的地方現在只有幾隻小麻雀在沙池旁跳躍着，偉民來到沙池邊，一、二、三——跳，這三級跳遠使他栽倒了，坐在沙池上，看着麻雀高高地飛走了。

過了好一會，偉民又再躡着腳上二樓去，看看課室，好極了，裏邊沒有人啦，他急忙走進去，來到他的書桌前，俯身看看抽屜，糟糕，抽屜裏空空的！他的算術課本沒有

留在那兒。他正在徬徨，忽然後邊有人叫他的名字：「趙偉民。」

偉民回頭看看，喲！正是「金牙老鼠」。偉民忙説：「我走了，我走了！我只是回來找點東西，你用不着趕我。」

那校工説：「你找什麼？是課本嗎？」

偉民一聽，心裏大叫不妙，因為他知道自己在找課本，一定是剛才他打掃課室的時候，發現了那本書，把它藏起來了。

可是，偉民眼前一亮，原來校工已經把那本算術課本舉起來，説：「這是你的嗎？」

偉民連忙説：「對對！是我的，我回來正要找這本書。」

那校工把課本隨手放在近旁一張書桌上，便轉身出去了。偉民急忙上前拿起課本，卻又向外邊做個鬼臉，輕輕説：「有什麼了不起，金牙老鼠。」——當然，那校工已經走遠了，他聽不到偉民的話。

偉民拿着課本蹦蹦跳跳地離開學校，又乘車回家了。回到家裏，呀！電視機送來了，就放在牆角那兒，偉民嚷道：「快開！快開來看看什麼節目吧！」

媽媽説：「還沒有裝天線，忙什麼，快做功課吧！」

媽媽説到這裏，才想起曾吩咐偉民回來的時候替她到樓下洗衣店去取外套。

「喂！」媽媽叫道，「你這個人真的粗枝大葉，我叫你做的事，你全忘記了？」

偉民這才想起取衣服的事，他急忙往口袋裏去找出那張洗衣單，可是，那小皮包呢？洗衣單和十塊錢是放在那小皮包裏的。他呆呆地想，難道擠巴士的時候丟失了？還有，在學校的時候，他曾經跳過沙池，還栽倒在沙池上，難道就在那時候丟了？

媽媽可給偉民氣壞了，她説：「你怎麼啦？沒有洗衣單，怎麼去拿衣服？你在哪裏遺失了？」

偉民吶吶地説：「我想，一定在學校的沙池丟失了的。」

「回去找吧！」媽媽説。

「怎麼？又回去？我怕。那金牙老鼠一定不准我再返學校的。」

「哪一個金牙老鼠？」媽媽奇怪地問。

「那是一個校工，他是我的死對頭。」

媽媽不管，她説：「我跟你去吧，那洗衣單一定要找回來的。」

偉民搔搔頭，於是，媽媽就跟着偉民乘公共汽車去了。

車上，剛好有兩個座位。偉民搶着坐在近窗的一個，一手按着另一邊的空位，叫道：「媽媽！快來呀！」

　　可是，媽媽卻把這個座位讓給身旁一個老工人。偉民皺起眉頭，看看坐在身旁的老工人，身上的工作服沾滿了油污，右手還斷了一隻指頭。汽車忽然晃盪一下，那老工人把身側過來，偉民真怕會弄髒自己的衣服，連忙站起來，走到媽媽身邊，媽媽說：「你坐呀。」

　　偉民說：「為什麼你要讓座給那個工人？他這樣骯髒……」說到這裏，汽車突然停了下來。

　　原來汽車出了毛病，司機從駕駛室走下來，打開了車頭蓋。偉民嘀咕說：「這真是老爺車！」這時候，剛才坐在他身旁的老工人卻站起來，走下汽車，偉民看見他也走到車頭去。偉民好奇地探頭去看看，看見那老工人拿起一些工具，彎身進車頭裏，過了一會，汽車修好了。那老工人又上車回到那座位上，汽車又繼續向前走。偉民心裏想：「看他少了一個指頭，原來會修汽車的！」

　　汽車到站了，媽媽帶着偉民下車，來到校門前，偉民站着不願進去，媽媽說：「好吧，你在校門等着，我進去問問。」

　　偉民的媽媽進學校去，就遇見鑲了金牙的那個校工。偉民的媽媽說：「我是五年級趙偉民的家長，剛才他回來

學校，大概掉失了一個小皮包，他說可能是在沙池旁邊遺失的。」

那工友立即有禮地帶偉民的媽媽到沙池旁，果然，一個小皮包就在沙堆上。偉民的媽媽高興極了，連忙向那校工道謝。那校工說：「不用多謝，為什麼趙偉民自己不來？」

「他嗎？」媽媽猶豫了一下，終於說，「他說很怕你呢！」

那工友笑了，他說：「趙偉民人倒沒什麼，就是沒有禮貌，我知道他背後叫我做金牙老鼠，還笑我幹洗廁所、打掃課室的粗活，我曾經生氣罵過他，就是這樣罷了。」

偉民的媽媽聽了，連忙道歉，心裏也難過。她離開學校，偉民在門外叫道：「媽媽，找到那皮包了嗎？」

「找到了，多虧那個工友。」媽媽說。

「怎麼？又是他帶你找到的？今天我遺失了課本，也是他替我找到的。」

媽媽聽了，就說：「那麼，你為什麼還給人改綽號，還笑人家幹粗活呢？」

偉民紅了臉，垂下頭，媽媽挽着他的手，過了車站還繼續走，偉民說：「過了車站啦！」媽媽說：「你為什麼還要乘車？你想想汽車是誰造的？就是一羣幹粗活的工

人製造的。汽車是誰駕駛的？是司機工友操縱的。汽車壞了，還是靠那些滿身油污的、你以為骯髒的工人修理的。你既然瞧不起人家的勞動，你為什麼還要享受人家的勞動成果？走吧，你每天就走路上學放學吧。」

偉民心裏慚愧，不敢張聲，跟着媽媽走。路上，他們經過一個建築工地，看見許多工人正在建房子，工人們滿身都是灰塵。但他們建的大廈巍峨地矗立在眼前。

偉民的媽媽説：「偉民，你看，沒有這些建築工人，我們就沒有房子住，我們穿的、吃的、住的、行的，哪一些能離開工人的勞動呢？」

走了好一會，他們終於回到家了。爸爸已經回來，他説：「快有電視看了，剛才有兩個工人來安裝天線，他們上了天台了。」

偉民聽了，就從冰箱裏拿出兩枝汽水，跟媽媽説：「我們到天台去看看工人裝天線好嗎？」

媽媽就帶着偉民到天台去，

果然看見兩個工人不怕危險，站在天台的邊緣的石欄上，忙着安裝天線。

天線安裝好了，偉民連忙把兩枝汽水開了，有禮地端上前去，説：「叔叔，辛苦了，喝汽水吧！」媽媽在一旁，心裏暗暗高興，她多麼希望偉民真能完全改正他的錯誤想法啊！

補鞋佬的家

事情該從大半年前説起。

那一天，郵差送來一封掛號信，小田代他爸爸黃伯簽收了。黃伯收檔回來，拆開信一看，就呆住了——那是業主寫來的「拆樓通知書」。黃伯一家五口，小田是最大的兒子，只有十三歲，剛唸中學，對下的就是一個唸一年級的妹妹，還有一個剛學會走路的小弟弟。黃伯在樓下的樓梯口處開了個補鞋檔，這補鞋檔是二十多年老招牌了，左鄰右里的顧客倒也不少，但這二十多年光景呀，黃伯老是坐着埋頭釘釘補補，腰背也彎曲了。如果這幢樓拆掉，黃伯這補鞋的檔口要完蛋啦，這樣，居住和生活也成問題了。

黃伯彎着背，拿着那「通知書」發呆。突然一陣急促的拍門聲把黃伯從迷惘中喚醒過來。小田去開門，原來是二樓的李大叔和樓下的蘇伯，他們手裏也拿着這樣一封掛號信。

「喂，怎麼辦啊！怎麼辦啊！」大家聚在一起，互相問着。他們上下三戶人家

該是老鄰居了。日本仔剛從小島撤走，他們就從內地來了，當時租這幢舊樓，屋內門窗沒一扇，牆灰也剝落不堪，是他們一點一點地修補完整的，但是，這三十多年，屋租也加了六次。現在一張「通知書」來了，更使他們徬徨失措。

「唉，這幢樓拆了，我的鞋檔也完了！」黃伯歎着氣說，「其實這幢樓還堅固，未至危樓的地步，試試向業主交涉一下吧！」

這樣，他們三戶人家商量的結果，決定去跟業主交涉。大家推舉了黃伯做代表。

那一天上午，小田陪着爸爸，乘電車到上環，依着地址去找着業主。

這是一間貿易公司的寫字樓，業主是這貿易公司的東主，黃伯曲着腰，拖着小田的手，由一個職員帶他倆進入一個房間。

業主是個五十過外的人了，穿着西裝，戴着金絲眼鏡。幾十年來黃伯只見過他幾回，因為按月有收租員來收款的，沒事情也不會跟業主打交道。

黃伯說話不會轉彎，見了面就開門見山地說：「我們上下三戶人，都希望不要拆這幢房子。」

業主托一下他的眼鏡說：「你們住這樓幾十年了，我

不會無端提出拆樓的。只是最近工務局來信干涉，說這幢
房子向路的一邊的牆壁有些裂縫，灰泥剝落，恐怕住下去
有危險！除非⋯⋯除非你們出點錢，把向馬路一邊的牆修
補修補一下吧。」

「事情明白了，業主不想自己挖腰包掏錢來修建這幢
舊樓，就用拆樓來要脅，要住戶出錢為他的樓宇修建。」
黃伯離開了那間貿易公司，吟吟哦哦的對小田說。

「我們該有什麼辦法呢？」小田望着爸爸問。

「回去跟大伙商量商量吧。」

上下三戶人家坐下來談，但能夠再商量些什麼呢？最
後還是向業主屈服了。不久，這幢房子的騎樓外架起了竹
棚。為了能夠繼續住下去，他們三戶人家合僱了工人把向
馬路的牆壁大事修補。

可是，想不到這一修一補的結果，使黃伯一家變成黑
暗世界。

事情是這樣的：這次的修補，工錢不少，分攤起來，
每戶要出三千多塊錢。黃伯家裏一向沒有隔宿糧*，只好
到處張羅，當的當，借的借，最後，還挪用了兩個月的電
燈費，才湊足了錢，付了這筆龐大的修建費用。

---

*沒有隔宿糧：指生活貧困，沒有可以留到第二天用的糧食。

哪曉得黃伯急着去籌電燈費的時候，電燈公司的警告信上指明的交費最後限期過了，這樣，黃伯家的電截斷了。

黃伯到電燈公司交涉，回覆是：補交欠下的電費外，還要交一筆「駁線費」。加起來又是一筆可觀的費用了。可是黃伯的補鞋生意不好，每天收入剛夠一天的開支，黃伯搖搖頭，買了一盞火水燈回來，這樣，晚上就點起那盞蠅頭般大小的燈火，小田和妹妹做好功課，黃嬸做妥家務，大家就早點睡覺，寧願第二天早點起牀，充分利用太陽光了。

這幢樓修補過牆壁之後，業主暫時也不提拆樓的事，卻急忙在髹過的牆上漆上斗大的四個字：「招登廣告」。這牆壁是向馬路的，如果在這兒登廣告，業主無疑又可多一筆進賬了。

有一天傍晚，黃伯收檔回來，小田高興地指着騎樓外說：「爸爸，我們快要有免費電燈了！你看呀！」

黃伯抬頭看看，原來騎樓外正興建一面大型的光管招牌，小田的意思是：如果這招牌建好，燈光正好從騎樓外映進屋子裏來，這不就是很好的「免費電燈」嗎？

眼看着這光管大招牌快建好了，黃伯也就更不忙着去

籌措那電燈費和什麼駁線費，大家日盼夜盼，盼望早日有免費電燈。

終於，這大型的光管招牌建好了，那天傍晚，光管「刷」的通亮！

「嘿！」小田一家大吃一驚，這……這就是「免費電燈」，原來光管招牌是一片青綠刺眼的光，屋裏頓時一片慘綠！

可怕啊！以後每當夜幕低垂，映進小田家裏來的，就是那幽幽的綠光，照得人人臉色發青，黃伯一家實在受不了。

「跟業主論理吧！這綠光映進屋裏，成了什麼世界？」黃嬸説。

「跟業主説沒有用，還是我們想個辦法，再節衣縮食，省下點錢買十碼粗布回來，做個大布簾吧。」黃伯歎氣地説。

後來還是黃嬸想了一個更省錢的辦法，她跟賣麵粉的店舖用便宜的價錢買了十多個麵粉袋回來，然後把布袋拆開，綴成一張大布簾，把半邊騎樓遮着，才把這綠光拒之屋外。

可是，這樣一來，小田的家更黑暗了。

一天晚上，有人拍門，小田去開門。啊！一團溫暖的

光突然從門外進來，頓時一屋亮堂堂，小田一家定睛一看，原來是二樓的李大叔送來一盞大光燈。

「老黃呀，你不該瞞着我，」李大叔説，「要不是昨天跟你的小女兒説起，還不知道你們早斷了電！我家有一盞大光燈，你暫時用用這個吧！」

李大叔是晚上在新填地擺一個攤檔賣雜物的小販，這大光燈是做生意的「架生」*，黃伯是知道的，他忙説：

「老李，不行不行，你把大光燈給了我，晚上怎樣在新填地開檔？你還是拿回去吧！」

「你用不着愁呀！我還有大光燈用的！」李大叔硬把大光燈留下，就匆匆走了。

過了一個多月，黃伯總算儲蓄夠了錢，連忙拿去交電費和駁線費，電燈總算重新亮起來了。

可是，雖然電燈亮了，黑暗的日子彷彿老跟隨着小田一家，不到半年，他們又收到業主的拆樓通知書。

這一回，黃伯氣沖沖到那貿易公司去找業主，因為那幾個月為了出錢修建這舊樓，把他折騰得夠苦了。

業主卻很安詳地拿出一份印滿英文的函件給黃伯看，然後説：「這是政府最近寄來的公函，為了配合地下鐵路

---

*「架生」：粵語裏指工具、材料。

興建，這裏若干地段要重新規劃，我們這幢樓必須拆卸掉。為了香港的發展和繁榮，這是不得已的事，你放心吧，政府會作出合理的補償，他們還會為你們安排徙置*的。」那一派「官腔」，叫黃伯無話可説。

黃伯垂頭喪氣離開了那間貿易公司，附近正在打樁，機器發出震耳的響聲：「蓬——拆，蓬——拆……」

那「拆拆」的聲音嚇得黃伯掩耳疾走。

拆樓是既成的事實了。黃伯看着他的補鞋檔，這經營了快三十年的檔口，不知搬到哪兒去才好了。

黃伯一家終於被徙置到臨時安置區去，黃伯只能在外邊找個街角擺起補鞋檔，但是，這裏住的都是窮人，皮鞋也不多一雙，哪裏來顧客呢？

那天，黃伯悶悶的再回到舊日的住址去，看見正在拆樓，他癡癡呆呆的走近去，坐在沙塵滾滾的樓梯邊，那些拆樓工人急忙趕他走，黃伯説：

「我要補鞋，我要吃飯，孩子要讀書，我不能走！」

後來還是拆樓工人半拉半勸地把他趕走，黃伯老淚縱橫，一步一回頭地看着他住了三十多年的家在拆毀着……

*徙置：遷徙安置。香港政府在五十年代推出徙置計劃，為一些受到天災、市區重建等影響而無家可歸的人提供居所。

新生的路

　　永年的家本來在北角的，所以選學校也在北角區。這樣從小學到中學。就在唸中二那一年，他們要搬家到九龍住了，因為「像中了馬票一樣的幸運」──這是永年的爸爸形容的──他們申請到了一間廉租屋*，就闔家搬到九龍去。永年不願轉學校，這樣，只好每天披着晨星趕路上學，還要坐渡船，來到香港這邊上課。

　　大清早乘渡船是另有一番「風味」的，當然那「風味」不在冬季，翻北風的時候就要瑟縮在船艙擋風的一角，談不上「風味」，那「風味」是指盛夏，或者是秋天。永年總愛跑到船頭，迎着海風，看東邊鹹蛋黃似的太陽初露，那鑲了金邊的朝霞叫他入迷；看海水浮滿金魚鱗片似的，近船頭處破起肥皂泡似的浪花。永年愛佇立在船頭看，看近的、看遠的，雖然天天看，

*廉租屋：香港政府在六、七十年代興建的房屋，以低廉的租金租予低收入的市民。後來房屋委員會在一九七三年成立，接管所有政府的廉租屋邨，並改稱為「公共屋邨」。

也總看不厭。船要泊岸了，他從不忙着搶跳板，他還是站在船邊，看船上的水手把粗大的纜圈拋給岸上的水手，那岸上的水手伸出有鐵鈎的長竿，接過了纜圈，然後套在岸邊的鐵樁上，還要結結實實的繞幾圈。這樣，船還未泊定時，就把那纜拉得「依呀」的響，永年覺得那纜真是強有力的，它要把船拉緊，使船固定在一個位置上泊岸。他留意那鋼纜，卻從不留意岸上接鋼纜的水手。但是，有一次，永年忽然十分留意他了。

那一次，渡船像往常一樣泊岸了，船上的水手把纜圈向岸上拋去，岸上的水手伸出了長竿，卻沒有接着那纜圈，船上的水手急忙再拋，可是，第二次也接不到，永年也替他焦急，船上的水手叫：「喂！沒有上電嗎？怎麼軟手軟腳的！」幸好第三回，岸上的水手接到了，急忙把纜圈套在鐵樁上，並且不停的用衣袖抹額上的汗。

永年上岸了，他好奇地駐足看看那水手，那水手卻蹲在地上，用手摸地，在找些什麼。永年走過去，看看他找些什麼，他看見地上有一塊小小的玻璃膜，他拾起來，說：「你找這個嗎？」那水手湊近去細看，才說：「對對對，謝謝你！」他接過了，拿着手帕輕抹，然後背着永年一會兒，就轉過來又說：「細路！謝謝你！」

「那是些什麼？」永年奇怪地問。

「別問了，總之對我是十分重要的！」那水手說。

永年也不再追問，又急忙趕路上學了。

第二天，永年又乘渡船上學，船泊岸的時候，他忽然緊張地留意接纜圈的情景，生怕那岸上的水手又失手了。可是，那水手立即接到了，並且，他看見了永年，向他微笑揮手。永年衝口叫道：「阿叔！早晨！」

「細路！上學嗎？」那水手也回應他。

永年過了跳板，走近那水手身旁，又問：

「阿叔，我總不明白，昨天我替你拾起的是些什麼？」

「別問了，孩子，別把這事老記着，學校不是很多功課要記嗎？」那水手和藹地回答。

「還有呢！那天船上的水手罵你沒有上電，又是什麼意思？」永年就是一個這樣好奇的孩子，還是問個不休。

「哈哈！我又老又瘦，工友笑我像個道友，沒有『上電』就是説我像個沒有吸夠毒品的吸毒者。」

「真的？你是個吸毒者嗎？」

「哈哈哈，你説像不像？」

「不像不像，我説你倒像……倒像個教師。」

「哈哈哈！」又是一陣爽朗的笑聲，「我能做教師麼？」

渡船又要啟碇*，永年又要匆匆上學了。路上，永年想着這水手，真的，他憑直覺認定這個水手讀過不少書，倒不大像個長年累月在風浪前做工的碼頭工人。

第二天，永年剛從跳板離開這渡船，就有人跟岸上的水手笑着説：「球叔，你的契仔又來了！」

永年知道人家已經把自己説成是那水手的「契仔」了，永年也頭一次知道他就叫做「球叔」。

「球叔！」永年微笑叫他。

---

*啟碇：開船、起航。

「他們取笑你，你不介意嗎？」球叔説。

「不。我聽你説話，我覺得你是個讀書人。」永年説。

「唉，讀書讀書，讀書把我害苦了！別提了。我為自己雙手長了老繭高興呢！」

「這麼説，你本來真是個讀書人？」永年好像在做幾何習作，總要為他的假設去求證。

一聲鈴響，渡船又要開了，球叔要忙他的工作，永年又只好匆匆上學去。

以後，永年每次上船，總要走近球叔那邊，不過，也只能聊幾句話罷了。

説也湊巧，那天星期日，永年跟爸爸到一間茶樓喝早茶，剛坐定了，看見前邊的座位獨坐着球叔。永年跟爸爸説：「爸爸，你看報紙吧，我有相熟的在那邊，我過去坐坐。」爸爸讀報紙讀得入迷，只是「嗯」的一聲，還是眼不離報紙。

永年一聲不響，坐在球叔的身旁，球叔一看，又驚又喜，叫道：「細路！」

「我不是姓細名路，我叫張永年。」

「哦，張永年。怎麼這麼巧？我兩個月才輪一次是星期日休息呢！」球叔説。

「我已經查明，上次我替你在地上拾的是什麼。」永

年一本正經地説。

「哈哈哈，永年，你真是一個好奇又有研究精神的孩子。你查明那是什麼東西？」

「我前幾天看到一段眼鏡公司的廣告，廣告上畫着一塊小透明膜，説是最好的隱形眼鏡，這樣，我就想起以前我替你拾起的東西了！」永年一口氣的説。

「對，你追查到了，小福爾摩斯！」

「那麼，你怎麼幹起碼頭工人來了？」

「當工人不好嗎？讀書人就不能當工人嗎？」球叔反問。

「可是，你已經是中年了，你以前一定不是幹這一行，是半途轉行的？我猜得對嗎？」

「對。唉，永年，我的變遷你這孩子是聽不懂的。不過，有一個教訓，對你也許有益，那就是不要把讀書當做求名求利的途徑。」

「你就是這樣想，才發生很大的變遷嗎？」

「唉，告訴你，我曾經是個『黐線』的人，而且斷斷續續，經過十年，出入青山醫院九次了。」

「真的？黐線？就是瘋狂嗎？不是很可怕嗎？」永年聽了不禁呆了。

「我患的是精神分裂症，只是偶然失常態，並不可怕。

但是，我的家人就像你想的一樣，以為我癲線了，一定很可怕。當我痊癒了再回家，他們都怕我，疏遠我。我本來是教書的，學校也不再錄用我，我失去了工作，失去了家人，這樣，再受刺激，病又復發了，又再被送進青山醫院了。」

「怎樣患上精神分裂症的？」

「我也不大清楚，我記得我唸完師範*出來，發誓要到外國攻讀碩士、博士，我希望自己有一天爬上教育官的高高位置，所以還拚命讀書，並且做外快存錢，這樣常常想着名和利，神經就錯亂了。」

「現在你痊癒了吧？」永年問。

「十年的病院生活，使我改變了！醫院成立了康復會，幫助病好的人過新生的生活，我在康復會裏認識了一個朋友，他曾經在渡海輪船公司工作。他知道碼頭工人有空缺，叫我試試去應徵。我就脫下深度眼鏡，裝上隱形眼鏡去應徵，我就這樣當上了碼頭工人了！我是不宜再做腦力工作了，現在，精神好了，我的病兩年多沒有發作啦。

當了工人，我的精神面貌也改變了，工友都很爽朗、率直，我想，這種生活才能徹底醫好我的病。」

---

*師範：師範學校的簡稱，專門培育師資的學校，學生畢業後可以當教師。

永年呆呆地聽着，不停地點頭。剛巧有叉燒包叫賣，球叔叫了一籠，就遞一個熱騰騰的給永年。永年接過叉燒包，舉起茶杯，説：「球叔，祝你健康長壽！」

　　球叔笑着也舉起茶杯，兩杯一碰，永年笑了，咬了一口包，就一口把茶呷乾了。

　　永年回到爸爸身邊。爸爸説：「是誰？像你的舊老師？」永年點點頭，他不敢説更多關於球叔的話了。

　　以後，每次過海，船上的水手都認得永年就是球叔的契仔。每逢中秋、端午節，永年也總帶些好吃的給球叔過節。

蘇美美和壽美子

　　我的姊姊在一家旅遊公司裏辦事，我一直羨慕她，因為她勤學苦練，學得一口伶俐的日本話，現在，公司派她負責接待從日本來的遊客，可是，爸爸卻不高興，他對姊姊說：

　　「哼！為什麼要去伺候日本仔？你沒有挨過三年零八個月的日子，沒有嘗過木薯粉的滋味，也應該從課本裏曉得日本仔曾經屠殺過中國人呀！」

　　姊姊沒有回答。我也聽爸爸常常說他在香港淪陷時過的苦日子，但我覺得那彷彿是遙遠、遙遠的歷史了。姊姊自然還是繼續上工，去做她喜歡的工作。

　　有一天，姊姊帶了一包藥材回來，到廚房去找藥煲。媽媽看見，大吃一驚。

　　「怎麼啦？你病了嗎？」媽媽問道。

　　「我沒病，我是替別人煎藥。」姊姊答道。

　　媽媽更奇怪，她追問：「替誰煎藥，人家不會自己煎藥嗎？」

　　這樣，姊姊才說了一件事：最近接待

一批日本遊客，有一個遊客病倒了，但他不要看西醫，他說他在日本，有病的時候也是找漢醫、吃漢藥的。這樣旅遊公司就叫姊姊帶那遊客找一個有名的中醫師診治，藥方開了，還要姊姊替他去配藥，並且拿回家替他把藥煎成苦茶。媽媽聽了姊姊的話，嘮叨了幾句，還叮囑別讓爸爸知道，就幫着把藥拿去煎了。姊姊把煎好的藥，盛在一個暖壺裏，然後拿到那遊客下榻的酒店去。

我問姊姊日本也有中醫嗎？姊姊說：「我也不大清楚，不過據那遊客說，在西方醫學沒有傳進日本的時候，日本的傳統醫學就是中國的古老醫學，他們叫做漢醫學，日本的老一輩人，特別是住在鄉村的，還是用漢醫、漢藥來醫療疾病的。」我聽了才知道日本人有不少地方和中國人是一樣的。後來看見姊姊回家煎了兩次藥，就沒有再煎藥了，姊姊說，那日本人的病好了，而且，他還再三說要和他的太太到我們家裏來親自道謝呢。我真希望這日本人會來，讓我看看他的樣子。但姊姊說怕碰到了爸爸，爸爸憎恨日本人，說不定會不客氣地下逐客令，那場面就尷尬了。

星期一聽爸爸說，因為有點事要辦，要到澳門去兩三天。星期二爸爸去了，我便立即央求姊姊說：「姊姊，快答應那日本人，讓他到我們家來坐坐吧。」

姊姊笑說：「你怎麼這樣歡迎日本人？我知道你饞嘴，想人家帶點什麼日本點心給你吃嗎？」

第二天早上，姊姊果然帶那日本人來了。媽媽早就出門去買菜，到十點多鐘還沒有回來，像有意迴避似的。姊姊帶客人來了，我開門一看，是一對日本的老夫婦，男的已經頭髮花白，穿着有點土氣的西裝，女的穿黑色發亮的西裝裙，有點肥胖，看見了我，彎彎腰說：「啊哈喲，個渣意嗎是。」姊姊曾教我幾句日本話，我知道那是早安的意思，我也連忙學着彎彎腰，說一聲「早晨」。

姊姊向他們介紹，說我是她的妹妹，那日本婦人問我叫什麼名字，姊姊翻譯她的話，我便清楚響亮地答道：「蘇美美。」

那婦人聽了，連忙說了幾遍：「SU ME ME，SU ME ME，SUMECHYAU。」說完她跟她丈夫都哈哈笑起來，我卻覺得莫名其妙。姊姊也不明白，後來那婦人看見我們疑惑的神色，才用日本話對姊姊說了一番話，我追問姊姊他們說什麼，姊姊也笑起來了，她說：

「他們說你的名字很好聽，而且唸起來像個日本女孩子的名字，日本很多女孩子叫做壽美子的，SUMECHYAU就是日本話壽美子了。」

我聽了有點覥覥，心裏想，爸爸說憎恨日本人，為什

麼給我起一個像日本女孩子的名字。後來姊姊説，那日本人説我的模樣也像日本小孩子，白白的皮膚，單眼瞼，眼睛細……我聽着，就羞得臉也紅了。

那日本人也自我介紹，他説了自己的名字，就從口袋裏拿出一張紙，寫了幾個字，我一看，居然是端正蒼勁的中國字：「川崎大治。」我不禁問道：「怎麼日本人也會寫中國字呀？」姊姊向我解釋説：日本文字多是漢字，也有一些日本字母，叫做假名。日本人的姓名大都是漢字。

後來，那川崎夫婦還邀請我第二天做他倆旅遊的伴兒。第二天剛巧是星期日，我很想跟他們去，這樣有機會坐坐旅遊車，像姊姊那樣。姊姊説旅遊公司不會准許的，但川崎卻説跟旅遊公司談談，加一點費用總可以吧。

第二天，我居然雜在一羣日本遊客中了，川崎太太拖着我的手，十分親切，其他遊客也對我很友善，有的撫撫我的頭，説什麼：「梳梳……」意思是很好。有一個日本人以為我懂得日本話，對我説了一番話，川崎先生對他説了些什麼，他才點點頭微笑，後來那人彷彿醒悟起些什麼似的，追問川崎先生，川崎先生卻忽然顯得很是靦覥，他回頭看看，看見我的姊姊，更是不自然的垂下頭，我覺得奇怪，卻不知道他們説什麼。

旅遊車載我們到太平山頂，下車後就自由走動了。我

走到姊姊跟前小聲問:「姊姊,他們剛才説些什麼?」姊姊小聲説:「川崎先生的朋友説川崎懂得講中國話的,但是奇怪他為什麼一直不對我們説呢?我只怕他這人會不懷好意。」

我聽了心裏很不舒服,又想起爸爸的話:「你沒有嘗過木薯粉的滋味,也應該從課本曉得日本仔曾經屠殺過中國人呀!」我想到這裏,忽然有人輕撫我的頭,回頭看看,是川崎先生,我心裏一驚,把頭一側,避過他的手。這時候,川崎先生説話了,這一回説的不是日本話,卻是中國的北京話,我小學唸書的學校是用普通話授課的,所以我聽得懂,也略會説。川崎先生説:「你們有什麼誤會了嗎?」

「你為什麼不早説你懂得中國話呢?」我埋怨地説。

「唉!」他忽然歎一口氣,撥一下他頭上花白的髮,説道:「我年輕時在中國的天津住過一段很長的時間,中日戰爭的時候我也在天津,戰爭快要結束的時候才回國的,我曾經聽過和看過我的同胞殘害你們中國人的事,我一直覺得抱歉,想起就覺得羞愧,所以,我一直不願意告訴一些初相識的人,説我曾經在中國住過,特別是中國朋友,我怕他們有誤會。」

我和姊姊聽了都有點驚愕,姊姊問道:「你在中國做

什麼呢？」

「我是做生意的，我在天津開了一間書店。你們也許聽過內山完造的名字吧，他是貴國的文學家魯迅先生的朋友，他是在上海開書店的，而我是在天津開書店。」

這時候，姊姊還要照顧其他遊客，她就走開了。這時候川崎太太又走過來，拖着我的手，向太平山的斜坡上走去，川崎先生跟在後。我覺得這一對日本和善的老人，不停地表現出對我們中國人的友好，我為什麼要記掛着過去的仇恨呢？我便有意把話題轉到眼前的風景去了，我說：「這太平山實在沒有特別美麗的地方吧，聽說，你們有一座美麗的富士山呢！」

川崎先生說：「是的，富士山很美，像倒插的紙扇扇面，我們日本人把它當做神靈了。不過，我在中國住久了，也拜訪過不少名山，像東嶽的泰山我去過兩回了，富士山無論如何比不上中國名山的氣勢啊！」

他老人家的話總是那樣深沉。我忽然想起川崎先生的孩子，我便問：「你們的兒女呢？沒有跟隨來遊玩嗎？」

川崎先生在後邊沒有答話，我抬頭看看川崎太太，喲！她的眼眶依稀閃着淚光。啊！我這個少不更事的孩子，人家邀請我來伴隨遊玩，我卻叫人掃盡了遊興了，我不再敢說話了，也不敢回頭去看川崎先生。

到了斜坡上一個草坪，一羣遊客在那邊拍照，川崎先生和太太拉着我的手到叢林那一邊，他倆日本式跪坐着，我也坐在草地上，川崎先生說：「我們只有兩個老伴，沒有孩子了。我有一個兒子的，如果今天仍在，應該有四十多歲了，他做了戰爭炮灰，太平洋事變*一起，我的孩子就跟隊伍上戰場去，不到半年，就傳來他戰死的消息。過去的一場侵略戰爭，我們除了給鄰國造成災難，我們自己也遺禍綿遠。蘇小姐，你這樣的年紀不會懂得我的心情。你想想吧，我們兩國有相同的文化源流，有同一的膚色，這一代的中國人和日本人，應該友好起來，上一代的災難要永遠結束了，中日兩國的人世世代代相親相愛吧！」

我點點頭，拉着他的手，有人拿着相機走來，要替我們拍照，川崎先生急忙站起來，川崎太太拿出手絹抹面，我看在眼裏，她其實在偷抹淚痕，他倆親熱地輕搭着我的肩，我站在中央，「咔嚓」一聲，我們三個人攝進鏡頭去了。旅行隊伍又集合上車了，在旅遊車上，我倚偎着川崎太太，她輕唱着日本的古老民歌，隔鄰座位一個年輕的日本女遊客，解下紅色頭巾，把它繫在我的髮後。後來有人要我唱一首歌，姊姊用鼓勵的眼色向我打氣，我就站在車

---

*太平洋事變：又叫「太平洋戰爭」，一九四一年日本軍隊攻擊美國在太平洋珍珠港的基地，造成嚴重破壞和大量傷亡。

中間的通道上，唱一首中國民歌《颳地風》，贏得了全車的掌聲。

轉瞬到了酒店門前，也是我們告別的時刻了，一個個向我握手，聲聲「山唷那那」。最後川崎先生跟我握手，他說：「再見了，我的中國朋友，回家代我向你爸爸媽媽多謝，你說他老人家有兩個好女兒，蘇小姐還代我煎藥，我十分感激！」

我跟川崎太太握手，她慈愛地撫着我的頭，把我當做日本女孩子的說着：「SODE，SODE，SUMECHYAU。」

我覺得應該有點什麼贈給她做個紀念，我脫下了髮上一個有朵小梅花的髮夾送給她，她立即把髮夾夾在白髮上，旁邊的人都拍手笑了，她笑着卻眼眶含着淚⋯⋯

我獨自乘電車回家，川崎先生的話又縈繞在我的腦際：「上一代的災難要永遠結束了，中日兩國的人世世代代相親相愛吧！」

半個月後，姊姊帶回來一張照片，那就是我跟川崎先生太太在太平山上合影的照片，川崎先生寄到旅遊公司去，姊姊把照片帶回家。後來爸爸也看見了這照片，他問道：「這兩個陌生人是誰？」我看看姊姊，不敢直說，姊姊也猶豫了一下，才說：「是⋯⋯是公司裏的同事，是妹妹到我公司來，同事替他們攝的。」

爸爸沒有再說什麼，我急忙收起照片，因為照片後寫了一些字啊！上邊寫着：「壽美子，不，蘇美美，我們向你們闔家遙遙問好。川崎大治於福岡市。」唉，我可不能轉達他對我們闔家的問好啊！

動 物 篇

名家導讀

何紫動物故事外衣下的親情

孫慧玲

何紫先生是兒童文學前輩，在我心中，他更是我在兒童文學的啟迪老師，因為，是何紫先生的一句話：「孫慧玲，你也要開始寫兒童文學了！」使我毅然走入兒童文學樂園中的。現在，能夠為何紫老師的作品寫導讀，是我的光榮。

寫兒童故事，最重要的是能夠吸引興趣，感動人心；寫兒童動物故事，更需要將自然科學的知識結合動人情節和深刻主題的技巧，何紫老師特別能夠匠心獨運。

飼養動物，尤其地少人多的香港地，並不容易，就像《上屋搬下屋》中，小全一家為什麼要搬屋？在搬屋忙亂中沒有人想起貓咪小黑，後來卻發現牠不見了，故事也在一輪焦急的氛圍中落幕，滲透着怎樣的無奈？爸媽忙於工作，保琪只由周阿姨照顧，當他遇見《生蟲狗和牠的狗仔》時，便興起收養的念頭，他會遇到怎樣的阻力？故事引出了小孩子的愛心和成人冷酷的對比，更可怕的是故事結尾時留下了使人毛骨悚然的一筆……

老鼠和人一樣，有賤有貴，《老鼠貴族》既寫鼠又寫人，寫賤鼠又寫貴族鼠，趣味盎然中深藏人生哲理，讓人莞爾。結局是爸爸老闆托養的寵物鼠走失了，怎麼

辦呢？除了書中所設的方法外，小讀者，你們可有的更好建議？同樣是寫寵物鼠，《寵物失寵》寫的卻是孩子願意為患敏感症的爸爸放棄飼養寵物的前因後果，上下兩代就是應該互相關顧的。

《戰蟑螂》和《牛油加蒼蠅》兩個故事，都有布局懸疑，情節高潮迭起的特點，前者說的是滅絕，後者說的卻是保護，故事中巧妙地嵌入科學知識的敍述，自然生動，能使人更進一步思考人類與自然界的相處之道。

《小榮和他的大頭魚》中小榮找蝌蚪、《鼈兒的災難》中爸爸教養鼈的故事，都反映出鄉間生活的有趣和萬物有聚有散的大道理，最重要還是親情。

《不是童話》以日記的方式記敍大象占占和訓練員阿別里來香港演出馬戲的經歷，從滿懷憧憬到落難他鄉，充滿對生活的失望，反映了命運的殘酷，使讀者明白生活的真相，果然不是童話般美好，無論主題寓意或手法，皆很有深度。

在九個故事之中，讀者都能感受到濃濃的情味，尤其是爸爸的愛、親子之情；難得的是，可以學習到豐富的自然界的知識，提升對環境的大愛。

孫慧玲

兒童文學作家、專欄作家、小學中國語文教科書編審、香港大學中文學院語文及兒童文學榮休講師、兒童文學及創意教育學會會長、閱讀寫作及親職教育培訓講師、全國中學生作文大賽評判。已出版作品逾六十種。

晚飯的時候，小全的爸爸對大家說：「已經決定了，明天我們要搬家，搬到下一層去。」

「什麼？搬家？為什麼？」小全的姊姊阿娟瞪着眼問。小全正在喝湯，他聽見了，心裏一急，湯都嗆進氣管，引起連串咳嗽。

「沒什麼，」媽媽說，「是人家業主要收樓。十三樓的人前天搬走了，業主要我們搬進去，好讓出這一層頂樓，業主說要自己用。」

「可是，十三樓也是業主的，為什麼他不用十三樓？」姊姊問。小全止了咳，屏息着聽。

「我也這麼說！」爸爸語氣有點火，「業主說有他的自由，我們如果不搬，他就要加租一倍！」

「我明白了！」小全說，「業主要佔去我們的天台花園。」

「也不一定，」只有媽媽心平氣靜，她說：「栽種幾盆花，算什麼花園？」

小全卻急得哭了，他嗚咽着説：「什麽幾盆花？菊花就有五盆，還有鳳仙花呢，茉莉花呢，米仔蘭呢！」

　　「唉，別説了！那攀滿牽牛花的棚架才叫心痛！」爸爸也忍不住説。也難怪，那花欄是他花了半個月的晚上自己搭的。

　　「咪嗚」一聲，小黑在阿娟腳下走過，阿娟看見一家心愛的小黑貓，也歎一口氣説：「以後小黑再沒有撲蝴蝶的地方了。」

　　這一頓晚飯，大家吃得真不是味道。晚飯後，大家都登上天台，商量把這些花搬到哪兒去。

　　「能搬到哪兒？最多搬兩三盆到十三樓，其他的只有留着。」爸爸説。

　　「什麽，留着叫業主受益，倒不如全拔掉它吧！」小全説。

　　「小全，你捨得拔掉？」姊姊阿娟説，「每天早晚澆水。你從七歲開始做，到今年十一歲啦，這裏的每塊葉，每朵花，你都熟！」姊姊一邊説，一邊蹲在一盆鳳仙花前。秋天開始，它就結滿了花蕾，颳了幾天秋風，花蕾都一個個綻開了。

　　「算了吧！『前人種樹後人蔭』，這算是積福。還是下去計劃明天怎樣搬家吧！」媽媽催促着大家離開天台，

小黑也「咪嗚」、「咪嗚」的叫個不停。

第二天清早，小全張開睡眼，看見昨夜還井井有條的家，變得亂紛紛的，好像世界末日要到來。他苦着臉起牀，媽媽說：「小全，快去洗臉，然後打點你的玩具，有的不要的，就乾脆扔掉吧！」

聽說要扔掉他的玩具，心如刀割，他高聲說：「不！通通都要的！」

小全草草洗過臉，首先拾起他心愛的坦克模型，這是他安裝了一個暑假的心血，還有舅舅送的軌道賽車，幾枝長短玩具槍⋯⋯湊成了一籮，就請姊姊幫忙，扛到十三樓去——這是搬去的第一件東西呢！隨後，輕便的東西都由兩個孩子搬去了，膠水桶啦，飯鍋啦、風扇啦、爸爸的藏書啦，一個上午，這樓梯小全和姊姊走了二十多回，弄得腰痠腿麻了。

中午，一家人到街頭的大排檔去吃飯。小全記起家裏的小黑，就留下半碗白飯，請伙計把幾個魚蛋剁爛，混到飯裏，包起來準備給小黑做午餐。

飯後，大家就忙着回家，趕着繼續搬家了。小全把貓飯放到慣常的一角，叫喚道：「咪嗚，小黑吃飯了！」以前這麼一叫，小黑就歡快地跳出來，把頭輕擦小全的手，表示感謝似的，然後慢慢吃飯。可是，現在小全叫了幾回，

也不見小黑出來。

「糟糕了！小黑不見了！」小全大叫。爸媽在忙着把衣櫥扛出門，阿娟在忙着把被褥包紮起來，大家都好像聽不見。小全可急壞了，四處叫：「小黑，小黑，咪嗚，咪嗚，小黑……」

小黑在小全家是先後兩代了，牠的媽媽大黑，是在小全彌月的時候才來的，大黑跟小全一塊兒長大，也是小全第一個認識的小動物。大黑生了五個小黑，四個分送了別人，只留下現在的小黑，過了兩年，大黑老死了，小黑就乖乖的跟隨小全一家。小黑非常活潑可愛，小全對牠說：「小黑，玩捉尾巴遊戲吧！」小黑就聽得懂，在地上滾來滾去，捉自己尾巴端的一撮白毛，逗得大家哈哈大笑。晚飯後，小全的爸爸喜歡上腿搭着下腿的坐在椅上看報紙，小黑就愛爬上爸爸的腳面上，當作玩蹺蹺板。家裏從來沒有老鼠，小黑卻有一套捉蟑螂的本領。自從天台闢做花園，小黑還會撲蝴蝶，牠先看準了低飛的蝴蝶，突然凌空一躍，總能把蝴蝶唧着，最有趣的是小黑不會把蝴蝶弄死，一會兒牠把口張開，蝴蝶又拍着翅膀高飛了，這樣小黑就得意的「咪嗚咪嗚」叫個不停。

可是，現在小黑沒出來吃午飯了！小全跑到爸爸身旁，說：「爸爸，不好了！小黑不見了！」

爸爸抹抹額上的汗，説：「別吵啦！我們還要搬那大牀呢！小黑看見我們搬屋，大概嚇得躲起來吧。」

小全只好又四處找，口裏喃喃的：「小黑，咪嗚咪嗚，小黑呀！」

弄了一整天，到了黃昏日落，終於把十四樓的傢俬雜物，通通搬到十三樓去了，剩下來的工作，是把十三樓執拾一番，可是大家都筋疲力倦了，爸爸媽媽和阿娟坐下來，才發覺小全哭得雙眼紅腫了。

「怎麼啦？小全？」媽媽説。

「小黑真的不見了！」

這時候，爸爸媽媽和阿娟才驚覺起來，大家急忙跑上十四樓找。屋裏已經變得空蕩蕩的，小黑沒什麼地方可以躲了，屋的一角還放着一包魚蛋飯，全沒有動過的跡象，廚房也看過了，廁所也看過了，跑上天台再看看，大家一起叫：「小黑，小黑呀，你跑到哪兒去了！」

大家頹喪的回到十三樓，傢俬雜物橫七豎八的放着，小黑會不會早溜到十三樓呢？大家茫然的坐下來，小全禁不住又哭了。

上屋搬下屋，不見了心愛的小黑；還有那天台花園，一簇簇的黃菊和鳳仙不知開得怎樣了。

生蠄狗和牠的狗仔

誰都説保琪乖。

第一乖自己做家課，做好了就從抽屜裏拿出媽媽留下的圖章，在檢查家課的手冊上蓋上印。

第二乖自己去睡覺，只有媽媽送給他的小熊做伴兒。管家周阿姨給他關了房燈，就到廳去看她的電視。

第三乖自己去坐校車，周阿姨送他進了電梯，他就獨自到樓下，走到街尾，很多五年級的同學還有人帶着，但保琪只唸四年級，他自己排隊，校車來了，他就跟着人魚貫上車啦。

不過，保琪不招呼人，在校車他不大跟同學談話，在學校他很少向老師行禮，回家，他不大睬周阿姨。周阿姨背着他對人説，保琪是個「怪人」。是的，他怪孤僻的。

保琪的媽媽到新加坡去了，她是唱歌的，應該説是個「歌星」。爸爸是個電子琴師，也隨樂隊到外地去了。

保琪什麼都不缺，吃的，穿的，説不

出名堂的大小玩具都有。管家周阿姨照顧他，給他補習功課，教他彈鋼琴。

那天，保琪從校車下來，經過銀行那石壁前，他停下來了。陽光照在牆角，有一隻大狗和一隻小狗。大狗的背上有一塊沒有毛，露出嫣紅的肉，大狗不停地扭曲着頸，用牙咬那露出的肉，大概是那裏特別癢吧。那小狗毛也稀疏，蹲在大狗的腹下，樣子怪可憐。保琪停下來看，看了一會，到附近的麵包店買了一個麵包，拿來放在小狗跟前，可是那大狗一口咬了，咬了大半，囫圇的吞了，那小半留下給小狗，小狗用鼻子嗅了好一會，向着大狗汪汪的叫，卻沒有吃，大狗一口把那一小半也吞掉了。

保琪自言自語説：「小狗大概要吃奶，我家裏有牛奶啊！」

保琪就蹲下來，抱起了小狗，走了。大狗看看保琪，跟在他後邊。

保琪抱着小狗回家，大狗一直跟到家門。周阿姨開門，驚叫一聲，像看見魔鬼：

「保琪！哪來的髒狗！」

「牠餓，我想餵牠一點牛奶。」保琪鼓着腮，盯着周阿姨。

「哎！你看，還有你背後的生蝨*狗呀！牠會帶來一

---

*生蝨：身上有跳蚤，或有皮膚病。

屋狗虱的！」

周阿姨拚命搖頭，好像狗虱已經爬滿她的身體。

「就不讓那大狗進來吧。」保琪倔強地說。周阿姨又怕又恨的踢起她的高跟鞋，大狗一轉頭，周阿姨拉着保琪進屋，急忙關門了。

保琪放下書包，一手抱着小狗，一手拉開冰箱的門，拿出一瓶牛奶。

周阿姨叫：「進廚房，進廚房！」她不知從哪兒找來一個破碟，放在廚房門口。保琪把牛奶倒在破碟上，放下小狗，小狗用鼻子嗅一下，就用舌頭不停地舐奶吃了。

周阿姨又叫：「你的手呀，一定惹了狗虱，快去洗手吧！」

保琪被拉着去洗手，洗手完了，走到廚房看看，碟上的奶已經給小狗舐個清光了。

周阿姨說：「好了，吃飽啦，可以把小狗趕走了吧！」

周阿姨已經不等保琪答應，穿上了膠手套，狠狠地要去捉小狗了，小狗卻一溜，溜進了洗衣機靠牆的夾縫，在裏邊輕輕地汪汪叫。

保琪笑了。周阿姨詫異地說：「你什麼都不笑，小狗吠起來，你就笑了？」

周阿姨有氣沒氣的，脫下手套，說：「好，不管牠！

快換衣服去練琴。」

　　這是保琪回家後的時間表：練鋼琴，補習功課，做家課，看電視，吃晚飯，洗澡，睡覺，周阿姨看看壁上的掛鐘，催促着保琪。

　　保琪彈着鋼琴，忽然，看見小狗從琴底探頭出來，牠不知什麼時候溜到鋼琴底下了。

　　保琪彎身下去，輕輕撫牠的頭，哈哈，牠張開嘴輕輕咬保琪的手指。

　　「保琪！」周阿姨聽見琴聲停了，就在廚房裏叫出來。

保琪急忙伸直腰肢，又再彈琴，卻不時低頭看看那小狗。

好一會，周阿姨來了，她説：「保琪，幾個音都彈錯了，看清楚琴譜呀！」

保琪垂下雙手，怪可憐的盯着周阿姨，周阿姨覺得奇怪，説：「什麼不對呀？」

「周阿姨，媽媽什麼時候回來？」

「下個月五號，怎麼啦？」

「打個長途電話給她吧。」

「有什麼急事？」周阿姨詫異極了。

「我要問問她，我收留那小狗好不好？」

周阿姨鬆了一口氣，説：「哎！我説可以就行啦！」

「真的！」保琪高興極了，急忙蹲下來，從琴腳抱起小狗，卻把周阿姨嚇了一跳，説：「放手放手，唉，髒極了，要替牠洗個澡才能抱呢！」

這時候，門外有點異聲，像有誰在敲門，周阿姨説：「怎麼有門鈴也不會撳！誰呢？」

她就到屋門前，從防盜眼望出去，外邊分明沒人，但又分明有誰打門的聲音。

周阿姨小心拉上防盜鏈，把門開了一條縫看一看，「哎喲！」周阿姨急忙關上門。

「保琪呀！」周阿姨叫，「你還是別要那小狗！」

「為什麼？你不是答應了收留牠嗎？」

「看呀，小狗的媽媽在門外等着牠！」

「什麼？那大狗？」保琪一邊説，一還走，開門看看，周阿姨生怕保琪把大狗也放進來，急忙拉着門的把手，只開了一線，保琪從那縫隙望出去，看見那大狗輕輕地哼叫，像呼喚牠的兒子。

周阿姨把門關上了，説：「你看見啦，快把小狗送還給牠吧！」

「周阿姨，能不能把大狗也收留下來？」保琪失神地盯着周阿姨。

「不行不行不行！一萬個不行！那是生蝨的野狗！」周阿姨管不了狗虱，伸手要捉小狗，小狗又躲進鋼琴底下了。

周阿姨看看掛鐘，記起保琪的時間表，連忙説：「別管啦！快快補習功課，告訴我今天教了什麼新書。」

周阿姨跟保琪溫習，接着，保琪做功課了，做好功課以後，他拉開抽屜，正要拿媽媽的圖章蓋在手冊上，這時候，又看見小狗蹲在他腳下。保琪抱起小狗，牠汪汪地叫，保琪説：

「我知道，你想念媽媽。唉，周阿姨不答應收留你媽

媽，沒辦法，我也想念媽媽，我知道你的心情，好吧，我送你回到媽媽的身邊吧。」

保琪抱着小狗，偷偷的去開門，打算把小狗送出門外，可是，打開了門，卻不見那大狗了。

「周阿姨！」保琪大叫。

周阿姨來了，保琪説：「那大狗呢？」

「沒事啦！我剛才打電話給樓下的看更黃伯，他上來把大狗趕走了！你可以收留小狗，該快活了吧？」

「什麼？」保琪失魂落魄，「不！我要把小狗還給牠！」

「你真是！我好不容易把大狗打發了，你又要找牠幹嘛！」

保琪哭了，淚水像斷了線的珠兒。

周阿姨給氣壞了，説：「好了好了，我帶你去找。」

保琪抱着小狗，跟着周阿姨乘電梯到樓下，找到了看更黃伯。黃伯説：「什麼？那生蟲狗？我用棒把牠趕走了！」

周阿姨拖着保琪，保琪緊抱着小狗，街外寒風呼呼，保琪説：「唉，小狗像我一樣，沒有媽媽在身邊了。那怎麼辦，那怎麼辦！」

他們走到榕樹頭，一個大排檔掛了一個大招牌，寫着

斗大的「羊」字，下邊還有「香肉」兩個小字。周阿姨一看，呆住了，她不敢帶保琪再向前走了，寒風凜冽颳得呼呼響，保琪緊抱着小狗，小狗輕聲地哼着，唉，保琪嗚泣着跟周阿姨回家去了。

小榮和他的大頭魚

有一個童話，小榮四歲的時候就聽過了，記得那是幼稚園初班的張主任對一羣小朋友説的。小榮今年唸三年級了，可是，他還牢牢地記着這個有趣的童話。小榮曾向三年級的同學講過這童話，同學們都説這童話好聽。

這童話的主角是一條大頭魚——喏，就是自然課本裏叫做蝌蚪的那種小東西。唉，小榮一直覺得還有點不愜意的，就是他至今也沒有見過真真正正的蝌蚪，他還記得那時候張主任説：「喂，小朋友，你們有見過蝌蚪麼？牠呀，就像你們書本上印着的逗號，那麼圓圓的一點，帶一條長溜溜的尾巴。」班裏的同學有的七嘴八舌的説：「我見過啦！我見過啦！」那時候，才只有四歲的小榮，也跟着嚷：「我也見過啦！」其實，他從來沒有見過，而且，到現在九歲了，還沒有見過真正的蝌蚪，只是從自然課本裏見過圖畫。

那童話是説一隻小蝌蚪找媽媽。牠看見小魚的媽媽是一條大魚，小海龜的媽媽

也是一隻有四條腿一條尾巴的大海龜，所以，蝌蚪就以為自己的媽媽就是一條大蝌蚪……這童話就這樣發展下去，小蝌蚪鬧了很多笑話，最後才找到牠的媽媽——原來牠的媽媽跟牠不是一個模樣的，牠的媽媽竟然是陸上生活的青蛙！

小榮有一個比他小一歲的表妹，是住在新界錦田村的。有一次，小表妹跟媽媽到香港來探望他們。小榮又跟小表妹說這個「小蝌蚪找媽媽」的故事。小表妹聽了，說：「什麼蝌蚪？哎，就是水溝裏常見的大頭魚嗎？」——就從那一次起，小榮才知道平常小孩都叫蝌蚪做大頭魚，而且，他真羨慕小表妹見過蝌蚪。他曾經哀求媽媽說：「帶我到舅舅的家去，我要到錦田去看看水溝的大頭魚。」媽媽聽了好氣又好笑，說：「什麼？你不是一心去探望舅舅，看看小表妹妹，倒是為了要看大頭魚？」爸爸媽媽天天要上班工作，小榮還是一直沒有到錦田去探望他的大頭魚呢！

直到那一天，就是颳了兩天颱風，下了幾天滂沱大雨之後的一個晴天，小榮忽然發現屋後那道山路一旁，多了兩三個小水池呢！小榮看見水池，就想起大頭魚。他蹲下來細心看，果然發現一些小小的什麼東西在上上下下的浮動。小榮看了，高興地自言自語：「對了，這一定是大頭

魚，我回家拿個洋鐵罐來，要捉幾條玩玩。」

小榮回到家去，找到一個糖果空罐，趕忙到小水池去，在水池中一撈，捉到了！捉到了幾隻小傢伙困在罐中了。

回到家裏，他什麼也忘了，老是看着，罐裏的小東西上上下下的浮上沉下。他又拿出自然課本，翻開書上的圖畫來對照着看。

爸爸下班回來了，小榮大叫：「爸爸！快來看呀！這是蝌蚪呀！」

爸爸走過來看看，噗嗤的笑起來，説：「喂，你把蚊子帶到家裏來啦！那不是蝌蚪，是孑孓呀！」小榮搔搔頭，問道：「什麼孑孓？」爸爸説：「蚊子產卵在水面，卵很快就孵化成了孑孓。孑孓就是蚊子的幼蟲，這些孑孓過了幾天，會變成蛹，後來，蛹破了，就有蚊子從蛹殼裏飛出來，要來叮你的皮，吮你的血啦！」

小榮聽了，大驚，急忙要把孑孓倒到溝裏。爸爸説：「不！這樣孑孓還不會死，還要變成蚊子的。對蚊子的子孫，我們不能留情呀！」爸爸拿了一點火水（煤油），把火水倒在罐裏，火水比水輕，浮在水面上了。小榮説：「火水能毒死孑孓嗎？」爸爸説：「火水不能毒死孑孓，但卻能使孑孓窒息而死。你看孑孓不時要浮到水面上，就是要

呼吸水面上的空氣。現在水面上結了一層火水，子孓不能呼吸到水面的空氣，就要窒息死了！所以，哪裏的池沼積了死水，只要在水面倒一點煤油，就能徹底把子孓消滅了。」

小榮又是高興，又是掃興。高興的是懂得了撲滅蚊蟲的常識，掃興的是始終沒有找到他一直要看看的蝌蚪。

學校要舉辦夏季大旅行，小榮高興地參加了。

他跟大隊來到郊外，高班的同學負責在野外烹飪，他和幾個年紀小的同學，到一個大池邊去洗菜。來到池邊，小榮踏着一塊滑泥，一不小心，半身栽到水池裏去。幸好附近的老師和同學發現，及時把他拉上來。小榮的下半身濕透了，還有一隻鞋掉到水裏。同學和小榮一起用竹竿打撈，終於把鞋撈上來了——小榮拿着鞋子一看，哎——鞋裏有一泡水，有一條小魚兒慌張地鑽來鑽去，小榮擦擦眼睛看清楚——是圓圓的一點，有一條長溜溜的尾巴，就像標點符號裏的逗號，這⋯⋯這不就是蝌蚪麼？

小榮急忙端着鞋給老師看，問道：「老師！這是什麼？是……是蝌蚪嗎？」老師看一看，説：「對了，那是要變青蛙的蝌蚪。」小榮不管褲管濕透，起勁的跑到放背囊的地方，拿出水壺，要把蝌蚪放進水壺裏。老師看見，説道：「不行！水壺中的是開水呀，即使是冷開水，也不能養活蝌蚪的，因為煮過的開水，水中的氧氣都散失了。」小榮連忙把水壺的開水倒一半進口裏，另一半喝不完，倒掉了，換了一瓶池裏的水，小心把蝌蚪放進壺裏去。──這一天，小榮有説不出的高興！

回到家裏，小榮把蝌蚪轉到面盆裏。以後，爸爸媽媽都為小榮的蝌蚪操心，小榮一心要把這小蝌蚪養大，看牠怎樣長出四條腿，怎樣消失了尾巴，怎樣變成一隻小青蛙。這樣，每天爸爸媽媽都要陪小榮到山坑去取山水，因為自來水恐怕不能把蝌蚪養活啊！

在小榮一家人小心照料下，小蝌蚪除了寂寞一點外，日子也頗快樂。這樣，不到一個月，眼看小蝌蚪變成一隻青蛙了，牠要跑到面盆外邊去過牠的陸上生活了。

小榮忍不住淚水，依依不捨地把小青蛙送到山邊去。小榮的爸爸、媽媽和小榮一起揮手，説：「小青蛙，再見了。」

老鼠貴族

動物篇

　　小欣考上一年班了，雖然還有好幾個月才上學，現在連書單也沒有，小欣就急着要讀一年班的課本。媽媽說：「找一天空閒，我翻牀底下給你找吧。我記得哥哥的舊書都放在牀底下一個紙皮箱裏的。」

　　媽媽雖然這樣說了，但一直沒有去找，媽媽知道翻牀底實在不簡單。這屋子窄小，只有一個窄窄的睡房，一個小小的客廳。客廳裏放了小欣和她哥哥的碌架牀，還有小欣的爸爸不知哪兒弄來一張大沙發，爸爸說是他的舊老闆移民出國（小欣的爸爸是替人駕駛私家車的司機），一些傢俬不要了，他就把一張笨重的沙發扛回家，這樣小客廳更侷促了，何況還要放飯桌，放電視機，放雪櫃，放媽媽的衣車，放小欣和她哥哥的一箱玩具，前些時聽說快要鬧制水*，媽媽買了個特大水桶回來，

---

*制水：香港以前曾出現多次水荒，尤以六十年代最嚴重。政府要實施限制用水，每日只供水四小時，後來更改為四天供水一次，每次四小時，市民要自備裝水的器皿到街上輪候取水，非常不便。

那窄小的廚房放不下，自然又放在那小客廳裏，現在用來堆放爸爸的舊報紙舊雜誌……呀，其實不用多說了，你完全可以想像到那小客廳堆擠得怎麼樣了。但家裏的雜物其實還不少，比如小欣他倆的舊衣服就有兩箱，還有一張以前小欣用的學行椅，一箱孩子小時使用過的尿布、奶瓶，一個壞了的電焗爐，爸爸自己給屋子髹油漆用剩的一堆油漆和工具……這些東西都要找地方放置。後來爸爸找來四塊厚厚的小木塊，把牀腳墊高了，這樣，睡房裏的大牀底下，就做了臨時的「雜物收容所」，其實說是「臨時」，爸爸說要等中了彩票，買到了大屋子，才希望有一個「士多房」了，這牀底下雜物堆得越多，媽媽就越不想翻動那牀底，比如爸爸就說過要找出那壞了的電焗爐找人修理，媽媽向牀底下瞄一下，說：「不知放在牀底哪一角了。」這樣就不了了之。這一回媽媽說替小欣找哥哥的舊課本給小欣學着唸，也只是說說罷了。

那天爸媽都不在家，小欣對哥哥說：「哥哥，我倆去翻翻媽媽的牀底吧，我真想立即找到你唸一年班的課本呢！」

哥哥也對那牀底下滿有興趣，他記得以前舅舅送他一副軌道跑車，他玩過幾回，玩膩了，媽媽就把那些玩具包好，也堆到牀底下的，現在他又想找出來玩了。哥哥爬到

牀下，先撥出來的是一些舊鞋，扒開了那堆舊鞋，拉出來一個紙皮箱，啊，掀起了積滿塵埃的報紙，就是一些給什麼咬爛了的舊衣服，還有很多黑色米粒般的東西。哥哥嚷着：「是老鼠屎！牀底下一定有老鼠窩！」小欣聽見老鼠，就快快的走避開了。這時候，剛巧媽媽回來，她看見了，叫道：「你們攪什麼鬼呀！要翻牀底的什麼？」小欣的哥哥說：「媽！牀底下有老鼠！我看見不少老鼠屎，一些舊衣服都給咬破了。」媽媽手裏挽着一堆剛買回來的魚肉蔬菜，沒閒去研究，只說：「快把箱子鞋子堆回牀底下，回來告訴爸爸吧！」

不久，爸爸回來了，小欣和哥哥把發現的都告訴爸爸，爸爸說：「我早就說過，牀底下有老鼠，我也偶然半夜裏聽見『吱，吱』的聲響，我看，要拆牀徹查了！」

吃過晚飯，大家洗過澡，小欣就說：「爸爸，你又說要拆牀？」爸爸就扯高了兩手的衣袖，像真的要立即動手，孩子可高興了，拍起手來，他倆也不知道高興什麼，總覺得拆牀是難得一見的「奇景」。媽媽卻嚷道：「什麼？拆牀？看看什麼時候了？晚上九點鐘啦！孩子要睡覺了，我也累得要命，別小題大作吧！」

媽媽反對，那老鼠屎和偶爾的吱吱響就成了「無頭公案」。孩子也提醒過爸爸幾回，孩子一提，爸爸就扯高了

兩手的衣袖，像要馬上動手拆牀，但媽媽總嫌麻煩，這樣就耽擱下來了。

說來也好笑，前些時大家還說要拆牀捉老鼠，最近爸爸卻不知從哪兒弄來了兩隻小老鼠呢！那天小欣的爸爸小心翼翼地捧着一個籠子回來，孩子們一看，又是驚奇，又是高興。這籠子造得十分精巧，像一間小屋子，分開樓上樓下兩層，樓上有房間，房裏還有小牀，有一道梯子通到樓下去，樓下像個遊戲室，有兩個用鐵絲造的轉輪子，這屋子裏還有兩隻小老鼠，全身白色的毛，牠會在梯子上跑上跑下，一會兒溜到樓上吃東西，一會兒跑到樓下玩車輪遊戲，十分有趣。

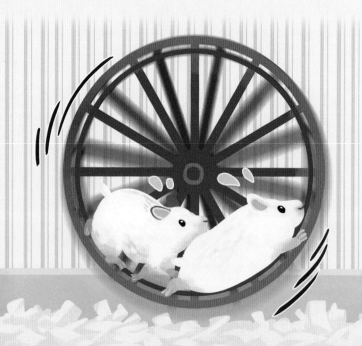

媽媽看見，大叫：「嫌家裏不夠狹窄熱鬧？攪一窩老鼠回來幹嗎！」

爸爸說：「這是無可奈何的。老闆明天一家到日本去玩，傭人也放假了，他們怕家裏養的小白鼠沒有人照料。老闆說，我放一星期的假，不用給他駕車，就拿這籠小白鼠回家照顧照顧。你們可別虧待這些小白鼠啊！」

媽媽只好苦笑。孩子說：「這是什麼老鼠，為什麼跟那些黑老鼠不同？」爸爸說：「這是貴族嘛！好像人一樣，貴族跟窮人當然不同。我老闆的兒子說這叫做『寵物』，你想，老鼠得寵，那還了得！」

小欣卻給那些會玩耍的小白鼠逗得樂了，還常常給牠餵飯、餵菜。不過，媽媽看着這籠小老鼠，總是皺眉頭。有一天，她還發脾氣說：「那老鼠的羶味叫人噁心啦，養這籠鼠真活受罪！」

爸爸說：「小白鼠羶臭嗎？給籠子掃洗一次，就不會有臭味了。」

爸爸小心打開籠子，把兩個小白鼠小心翼翼地抓出來，放在一個鐵罐子裏，然後用水洗那籠子。爸爸把籠子裏裏外外的洗乾淨，就轉頭來找那鐵罐子，卻看見小欣慌張得面青唇白。爸爸問：「怎麼啦？」小欣哭起來了，她說：「我不小心，打翻了鐵罐子，兩隻小白鼠不知溜到哪

兒去了。」

爸爸抓着頭，大叫：「糟糕！那是老闆兒子的寶貝啊！快找！快找！」

全家總動員去找，但家裏的雜物那麼多，小白鼠個子小小，真不好找呀！爸爸説：「拆牀吧，這一回非拆不可了！」媽媽也知道這對小白鼠非同小可，走失了可能影響爸爸的飯碗，這樣一想，什麼麻煩都不算什麼了，拆牀吧！

不知為什麼，孩子可興奮了，因為説了半年要拆牀，這一回才成事實。爸爸想得周到，他跟隔鄰借來了一個捕老鼠的鐵籠，他在老鼠籠的機關上鈎了一塊紅蘿蔔，把門開了，籠口對着牀底，他説：「一會兒小白鼠受驚走出來，也許要躲進這個有好吃的籠子裏，中了機關，自然把小白鼠困住了。」

拆牀可真熱鬧，被褥先搬出廳去，牀板一塊塊托起來，牀底下的雜物就一目了然啦！但是老鼠暫時不見露面，倒有幾十隻甲由四散逃命。媽媽説：「一不做，二不休，索性來一次大清理吧！」

爸爸説：「還要來一次大割愛才行，不用的舊物都別説捨不得了，都拋掉吧！」這樣兩個孩子做運輸隊，舊的東西都忍痛由孩子扔到垃圾槽去，這還要爸爸在旁打氣，

比如媽媽說：「這些小欣嬰孩時的東西怎好丟？看見那些尿布，就想起她小時候的頑皮相。」爸爸說：「一個嬌，兩個妙嘛！反正不來第三個，這些東西有什麼用？」媽媽才妥協說：「放在垃圾槽外一旁吧，也許有人家用得着，讓別人拾去用也好。」

這真是大割愛，好幾箱舊東西都清理掉了，還把牀底下打掃得乾乾淨淨，就是始終不見有白老鼠、黑老鼠，雖然老鼠屎卻清理不少。

就在這時候，小欣和她的哥哥在廳外大叫：「老鼠呀！老鼠中機關啦！」爸爸聽見，說：「好了！老闆的寶貝找到了！」爸爸媽媽忙跑出廳看看，原來老鼠籠裏果然困住了老鼠，但卻不是他們要找的小白鼠，卻是一隻看去有兩斤重的大老鼠，牠在籠裏慌張亂跳，不停地齧起尖銳的牙齒拚命咬籠子的鐵絲。那老鼠全身密密的黑毛，尾尖長，身體發出難聞的羶臭味，小欣和哥哥看得毛骨悚然。爸爸說：「這麼大的老鼠真少見！恐怕那小白鼠早成了牠的點心了！」爸爸拿着老鼠籠到廚房去，給那老鼠受火刑。爸爸還說：「記得抗日戰爭的時候，我跟阿爺逃難到韶關，就曾捉過這麼大的老鼠，那時候兵荒馬亂，糧食緊張，阿爺跟一個難友弄了一味紅燒老鼠來吃，還不知到哪兒弄來一瓶『土炮』，在烽火連天的歲月裏居然有這麼一天享受

大杯酒大塊肉，我那時雖然是小孩，也吃了幾口──不過，現在可沒有勇氣再吃這些老鼠肉了。」

媽媽説：「還講什麼故事，快想想怎麼向老闆交待那小白鼠吧！」

還是孩子有辦法，小欣的哥哥説，街市那邊的金魚檔口附近，前天看見有人拿一些小白鼠來賣。爸爸説：「就買兩隻回來冒名頂替吧，反正是小白鼠，都是一個樣子。」

兩隻小白鼠買回來了，這一回媽媽把牠們當做菩薩，把老鼠籠放到神枱那麼高，因為那小貴族繫着爸爸的飯碗啊！

寵物失寵

　　小娟把兩條手帕也哭濕了。靜雯在一旁，默默地不說話，靜雯能說什麼呢？小野是她半年前送給小娟的，現在「小野」無聲無息地又給送走了，面對傷心的小娟，她像有責任。

　　「小野」是一隻葵鼠，全身白色，卻在尾巴附近，有一小塊淺啡色，牠其實有點像小兔子，身體胖胖的，而牠也像小白兔一樣，喜歡吃紅蘿蔔，一點也不像老鼠。

　　靜雯把一個別緻的藤織的籠子也送給小娟，她說：「舅舅送給我的生日禮物，就是這可愛的小寵物，我給牠起了一個名字，叫做『小野』。但是，養了半個月，媽咪就嘮叨了十五天，老是說看見牠就不舒服，想起家裏養了隻大老鼠就打冷戰。唉，我只好把心愛的寵物交托給你，小娟，你能好好照顧牠嗎？」

　　小娟高興極了，她把籠子打開，抱起「小野」。「小野」像個嬌嬌的小孩子，會發嗲哩。牠的毛真漂亮，滑滑爽爽的，小娟親牠一下，完全沒有小動物的異味。

小娟頻頻點頭說：「我會好好照顧牠！」

「但是，你媽媽會像我媽媽一樣反對你養小動物麼！」

「傻瓜，我在家裏是『皇帝女』，爸媽只有我一個女兒，我喜歡的東西，爸媽都不會討厭，你放心吧！」

葵鼠「小野」靜悄悄地來到小娟的家，說實在的，小娟心裏還是有點害怕，怕媽媽不喜歡「小野」。可是，當媽媽看見桌上有一個雅緻的藤籃子，就讚歎了：「小娟，哪裏來的這麼好看的藤籃子？裏邊盛了什麼？」小娟嗲着說：「媽咪，你……你喜歡小動物嗎？你年輕時有養過寵物嗎？」媽媽笑說：「啊！我是個小動物愛好者！以前，我養貓、養狗哩。唸小學時已經養蠶，還養過──養過一對可愛的堅尼豬！」

小娟聽見了就如心頭放下大石，她連忙説：「媽媽，這不是籃子，這是一個籠，裏邊養了一隻可愛的小動物。」她揭開籠蓋，輕輕捧起「小野」。

　　「啊！堅尼豬，我童年最愛玩的堅尼豬！怎麼我的女兒把她帶回來了？」媽媽高興得拍起手掌。

　　「什麼？牠不叫堅尼豬，牠是葵鼠，並且有個名字叫做『小野』。」小娟一邊説一邊撫牠的毛，牠靈巧的眼睛東張西望，一點也不怕人。

　　媽媽説：「傻女，這種小動物外國孩子都叫牠做Kenny Pig，我在英國度過童年嘛，跟鄰居的小朋友玩這種『堅尼豬』，玩得很高興，不過，告訴你一個秘密，爸爸很怕有毛的小動物，所以，我跟他拍拖後，就沒有再養寵物了。」

　　小娟聽了這個秘密，就很擔心地説：「爸爸不喜歡，那怎麼辦？」

　　黃昏的時候爸爸下班回來，他蹲下來把臉向着小娟。習慣地，小娟會上前疼爹地一下。但是，今天小娟説：「爹地，我今天做了一件你不會喜歡的事，你也許不要我疼了。」爸爸看看媽媽，媽媽神秘地眨眨眼睛。爸爸笑了：「乖女萬歲，你做了什麼錯事？只要你以後不再犯，我會原諒你的！」

「不，爹地，這不算是錯事，我想繼續下去。」小娟嘟着嘴説。

爸爸舉起雙手：「好了，我投降，你説吧，如果不是錯了，你有權繼續下去。」

小娟立刻拿起籠子，輕輕捧出「小野」。爸爸看見，大吃一驚，並且連連打噴嚏：「乞嗤！乞嗤！」

爸爸拿着手帕掩鼻，苦着臉説：「唉，小娟，爸爸對有毛的動物會產生敏感，你偷偷養吧，可別給我看見，不然，我要受苦了。」

但是，同住一屋，頑皮的「小野」還是偶然在爸爸面前露面，他果然苦透了，不停的打噴嚏之外，皮膚還生出紅斑。終於，過了五個多月，媽媽也來向小娟求情。媽媽説：「張阿姨很喜歡小動物，我看，把『小野』拿給她寄養吧，為了爸爸的健康，小娟你會答應的，是麼？」

就這樣，「小野」無聲無息地給送走了。可憐的小娟面對着靜雯，哭個不停……

蠶兒的災難

「撒，撒，撒，像秋天細雨的聲音，所有的蠶兒都在那裏吃桑葉。牠們也不管桑葉是好是壞，只顧往下吞，好像牠們生到世上來，只有吃桑葉一件大事。」

那是葉紹鈞寫的童話《蠶兒和螞蟻》的頭一段。彬彬在國文書裏頭剛讀過了。在吃晚飯的時候，彬彬就説起蠶兒來了。

「蠶兒真是不愛工作的懶惰的傢伙嗎？」彬彬問爸爸説。

「不見得吧。」爸爸説，「我在家鄉的蠶房見過蠶蟲吐絲結繭，十分忙碌。為什麼你以為牠是懶惰的傢伙呢？」

彬彬沒有回答爸爸的反問，卻對爸爸提起家鄉養蠶的事很有興趣。他問：「我們家鄉也養蠶麼？」

「傻孩子，我們家鄉是全國有名的產絲的地方呀！」

「哦，順德是這麼了不起麼？」彬彬搔搔頭説。

媽媽説：「這也難怪，你是個地道的香港仔，將來有機會帶你回鄉走走吧。順

德少種田，大片大片是魚塘、桑樹，剩下的就是蔗林。桑樹長滿在魚塘的基圍上，農人清早就開基採摘桑葉，拿來餵養蠶蟲。」

彬彬聽了，真想立即回家鄉去看看養蠶的情景。爸爸說：「最近我下班的時候，在車站附近看見一個老公公挽着一個籃子，籃裏滿是蠶蟲，聽說是賣給孩子玩的。明天我如果碰着了，就給你買兩條回來吧。」

第二天，彬彬焦急地等待爸爸下班回來。鈴聲一響，彬彬急忙去開門。

「蠶蟲呢？」彬彬嚷着。

爸爸這才記得昨天說過的話，今天卻忘記了。彬彬鬧嚷着，爸爸只好放下公事包，就帶彬彬去找那賣蠶兒的老公公。

果然在車站附近看見那個頭髮花白的老公公，籃裏只剩下三條蠶蟲，三兩片桑葉，爸爸給他一塊錢，就全買掉了。

回到家裏，爸爸建議用一個鞋盒來做蠶兒的家，因為鞋盒大，當蠶兒要吐絲時，可以走到一角去結繭，不至繞着了桑葉。

媽媽也來湊熱鬧，可是她一看，就說：「壞了！只有這麼三兩片桑葉，蠶兒吃一會就吃光啦！」

彬彬說：「可以到花盆去摘些別的葉子給牠吃的。」

媽媽說：「不行，除了桑葉，牠什麼都不吃。」

彬彬聽了，立即跑到街外，他想再找那老公公，跟他再買一些桑葉。可是，老公公已經走了。

彬彬回到家裏，就埋怨爸爸說：「都是爸爸不好，他應該知道兩三片桑葉不夠吃的。」

當晚飯之後，三條蠶蟲已經把三片桑葉吃光，牠們不停的把上身翹來翹去，像呼喚人們快快把新的桑葉拿來。彬彬看着這情景，焦急得像熱鍋上的螞蟻，老是向爸爸媽媽說：「怎麼辦？怎麼辦？」

爸爸拿出一本寫滿了電話號碼的小冊子，走前去撥電話。

「喂，老張麼？你是個通天曉，這回有個難題請教你，哪兒可以馬上找到幾片桑葉呢？」爸爸對着電話筒說，又停下來聽一會，就高興的收線了。

「有了！」爸爸馬上進房換衣服去。

「到哪兒去？」媽媽問。

「唉，還不是為了彬彬的蠶寶寶！我的朋友老張說，灣仔街市附近有一檔賣生草藥的，那兒可以買到桑葉。但是不知收檔了沒有，這可要碰碰運氣。」

彬彬聽了，大叫：「爸爸萬歲！我的蠶兒得救了！」

爸爸一個多鐘頭後回來了，他端着一株連枝帶葉的桑樹枝回來。媽媽一看，卻皺起眉頭，說：「這是老桑樹的葉，蠶蟲大概不願吃。」

彬彬說：「蠶蟲不會這麼揀飲擇食吧？」

爸爸搔搔頭，拿一把剪刀，把桑葉剪成一小片、一小片的，蓋在伸長了「脖子」的蠶寶寶身上。

蠶兒的確吃得不對勁，吃幾口，又停下來彷彿在祈禱。爸爸看見，聳聳肩說：「山草藥檔的全是這些桑葉，我已經盡了辦法了。」

彬彬呆看着那蠶寶寶，又想起《蠶兒和螞蟻》的課文

裏蠶兒唱的歌：「什麼叫工作！沒意思，沒道理，什麼也得不着，白費力氣。我們不要工作，看看天，望望地，一直到老死，樂得省力氣。」彬彬自言自語説：「也許這蠶兒也在唱牠的等死歌吧。」

　　第二天，彬彬起牀後，就跑到那放蠶兒的鞋盒前邊看看，蠶兒都呆呆地不動，像入睡了似的，桑葉也還是只咬過幾口，並且經過一夜，都有點枯槁的樣子。彬彬用牙籤輕輕撥弄牠們，牠們才挺挺胸膛的動幾下，彬彬知道牠們沒有死，就放心的上學去了。

　　放學的時候，彬彬忙跑到車站附近，可是，不見那老公公了。彬彬就一個勁兒跑到鰂魚涌的山邊，他想總可以找到野生的桑樹吧。果然，離大路不遠，有幾株低矮的樹，那葉子邊像鋸齒，彬彬認得那確是桑葉了，就摘了幾十片最嫩的，興高采烈地回家去了。

　　「蠶寶寶有一頓豐富的大餐啦！」彬彬叫嚷着就拿鎖鑰開門。進家裏忙跑到鞋盒那兒看看，啊，怎麼三條蠶兒也不見了！只剩下乾枯了的桑葉和幾枚蠶屎。彬彬大吃一驚，拿起鞋盒看看，才發覺桌子上有些螞蟻。他又想起《蠶兒和螞蟻》的課文，那童話是説螞蟻邀請蠶兒到螞蟻巢去參觀，蠶兒看見螞蟻工作得很起勁，才明白了工作的意義。彬彬自言自語説：

「難道這一回真的是螞蟻請了蠶兒去參觀麼？」

彬彬跑到廚房裏，不見媽媽，他急忙打電話給爸爸說：「爸爸！蠶兒失蹤了！」

「真的？」爸爸在電話裏答道：「也許牠們太餓了，到外邊找食物吧！」

「不！我還看見螞蟻，一定是螞蟻……」

「真的？那糟糕了！螞蟻把他們抬回去當大餐吃了。」

彬彬呆呆的放下電話。他急忙去找國文書，翻到課文最後一段，上邊明明是這樣寫：「蠶兒慢慢爬，終於爬到了螞蟻的國土。牠把介紹信遞給門前的守衞，就得到很熱誠的招待……」

彬彬把鞋盒裏乾枯的桑葉倒掉，鋪上新摘的嫩綠的桑葉，又把鞋盒放到老地方，他希望蠶兒會再回來，嘗嘗為牠們準備的新鮮食物。

牛油加蒼蠅

那天，妹妹頭上紮了一個蝴蝶結，穿上新的短裙，興高采烈地嚷着要跟我去探望表姐。表姐是上星期從上水遷來香港居住的，表姐的爸爸──我的姨丈從英國回來，在我們住的街尾那幢大廈的十二樓定居，這麼，表姐和姨母就離開上水他們的老家，遷進這新居了。入伙那天，我們全家去吃飯，表姐很喜歡我的妹妹，她請我們有空到她家裏去。妹妹就一直嚷着要我帶她去，我一心盼望放榜，做什麼事情也提不起精神，現在知道榜上有名了，心裏放下一塊大石，就決定償妹妹的心願，帶她到表姐家去。

姨丈和姨母不在家，只剩下表姐歡迎我們。

「好極了！全屋只剩下我們三個大小孩子，可以不拘束玩個痛快了！」表姐一邊玩，一邊搬出櫃裏的餅罐、糖果罐，從冰箱裏端出啫喱、果汁、牛油……像要為我倆開「大食會」似的。

我還記得去年暑假到過表姐上水的老

家住過幾天，那地方寬敞極了，還有一塊菜園。現在表姐這新居與舊居相比，狹窄多了，不過陳設雅淡有致。我被牆上一幅掛簾吸引住了，這是一幅有四尺長三尺寬的透明膠掛簾，在透明膠中間，夾着幾十隻各種各樣的蝴蝶。

「這是爸爸一個朋友送的，這朋友常常航海到南美洲去，這蝴蝶掛簾是他從南美洲帶回來的。」表姐説。

「蝴蝶的種類真多呀！」我們數着，大大小小接近一百種。

「不過，還有一種你們有，這裏卻沒有呀！」表姐説。

我和妹妹聽了都奇怪，妹妹説：「表姐，我們家裏一隻蝴蝶也沒有，你錯了吧。」

表姐笑了，她堅持説：「不，你們有的，還帶來向我示威呢！唉，可惜我們這兒沒有這種蝴蝶。」

我瞪着眼睛不明底細，妹妹還摸摸我的口袋，以為我帶了一隻什麼奇珍的蝴蝶藏在衣袋裏。

我一眼看見妹妹頭上粉紅色的蝴蝶結，我明白了，禁不住哈哈大笑，説：「蝴蝶不在我這兒，是你藏着的。」

妹妹更是莫名其妙，還是表姐解了這個謎，上前撫摸妹妹頭髮上的蝴蝶結，説：「表妹，你看不見你的頭，你的頭上有一隻美麗的蝴蝶呀！」

妹妹一摸頭頂，才恍然大悟，撒嬌地説：「你們捉弄

我，我不依！」

　　這時候，我看見一隻蒼蠅停在一片牛油上，卻被牛油黏着，我心裏來了新的靈感哩。我說：「表姐，你的桌子上不是也停着一隻蝴蝶麼？」

　　表姐和妹妹看看桌上，只放着一堆食物，沒有蝴蝶，表姐說：「你又在賣什麼關子？」

　　我說：「Butter Fly，Butterfly！」

　　表姐說：「這是英文蝴蝶的意思，你是說蝴蝶麼？我看不到桌上有蝴蝶。」

　　妹妹卻急得在跳，說：「快說！哪裏還有蝴蝶！」

我笑着解釋説：「你們看看吧，我説的是牛油和蒼蠅，有一隻蒼蠅黏在牛油上呢！」

表姐上前看看，急忙用牙簽把蒼蠅挑去了，還用刀把黏過蒼蠅的牛油切去。她一邊切，一邊説：「真沒猜到，果然有蝴蝶，這是魔術蝴蝶，真有趣，牛油加蒼蠅變成蝴蝶了。」

妹妹還不明白，我笑着解釋説：「妹妹，英文裏 Butter 是牛油，Fly 是蒼蠅，可是兩個英文字合起來，成了，Butterfly，卻是蝴蝶的意思呢！」

我們三個都為這笑話哈哈大笑了，妹妹忽然提議説：「我們真的去捉蝴蝶吧！我真希望能到郊外玩玩，捕捉蝴蝶。」

表姐説：「好，找一天叫爸爸媽媽帶我們到我的上水老家，我知道一處地方有很多蝴蝶的，我還有捕蝴蝶的網呢！」

這一天，我們三個吃個痛快，笑個痛快，還約定下次到上水去捉蝴蝶。

晚上，我在家裏的窗前看見一隻闖進來的飛蛾，我連忙把牠捉住了，放在一個空瓶子裏。妹妹上前來看，説：「這是什麼蝴蝶？」

我説：「這不是蝴蝶，這是蝴蝶的親戚，叫做蛾。」

爸爸也來看，他問我們說：「蝴蝶和蛾在外形上有什麼分別？」

妹妹說：「我知道，蝴蝶的翅膀有美麗的顏色，蛾卻沒有。」

爸爸說：「一般來說是對的，但是，有些飛蛾的翅膀也很美麗的。」

我說：「我知道，蝴蝶停着的時候一對翅膀豎在背上的，而蛾的翅膀卻是平伸的。還有，蝶和蛾的觸角也不同。蝴蝶的觸角是脹大成棒子或鈎的樣子，蛾的觸角彎彎的像幼絲又像羽毛。」

爸爸說：「對了，所以人們稱人的眉毛彎彎的叫做蛾眉，卻不會叫做蝶眉。而且，蛾大都夜間飛行，白天休息的，而蝴蝶卻是白天飛舞，夜間休息。所以我們在白天常常看見蝴蝶，卻很少看見蛾。」

這時候，我把表姐建議我們到上水她的老家附近捉蝴蝶的事告訴爸爸，爸爸說：「那很好，就在這星期天吧。」

我連忙打電話給表姐，她問准了姨丈。大家就盼望着星期天快來臨。

星期日那天，我們兩家人熱熱鬧鬧，分乘了兩部出租汽車，向上水駛去。

下了車，表姐是「識途老馬」，帶着我們到她認定的

「蝴蝶谷」去了。啊！來到了一片草地，還有低矮的樹木和野花，有一條小溪流過，果然還有一些蝴蝶在飛舞。妹妹忽然有了天才的發明，她指着蝴蝶嚷道：

「看啊，會飛的花，會飛的花！」

我們都笑了，把蝴蝶稱做「會飛的花」，那不是太美妙麼。姨丈、姨母和爸爸媽媽找一個樹蔭坐下休息，把帶來野餐的食物鋪放好。我們幾個大小孩子卻拿出捕蟲網，急急去捕捉「會飛的花」了。

妹妹在那邊哇哇大叫了，我趕去看，原來她網到一隻大蝴蝶，我急忙伸手進網裏，用手指輕夾着雙翅，把牠拿在手上。妹妹卻嚷着：「是我的！是我的！」我把蝴蝶交還給她，她用手夾着翅膀，手指立即黏上了一些粉，看看蝴蝶美麗的翅膀，已經脫了一些色彩，黏在我和妹妹的手指上了。妹妹高興地拿去給姨丈看。問道：

「姨丈，為什麼牠的翅膀有粉呢！」

姨丈說：「這些粉如果在顯微鏡下看，就看見像魚鱗似的一片片，蝴蝶的翅膀原是透明的翅膜，全靠這些美麗的鱗片鑲嵌排列在翅膀上。所以在書本裏稱蝶和蛾叫做鱗翅目的昆蟲。如果鱗片全部脫落，蝴蝶的翅膀就一點也不美麗了。」

媽媽上前細看妹妹捉的蝴蝶，說：「小妹妹，你捉的

蝴蝶叫做鳳蝶，鳳蝶翅膀特別大，翅膀鑲一道黑邊，中間顏色斑斕。告訴你，相傳這種鳳蝶是梁山伯和祝英台死後的化身呢！」

妹妹一聽她逮住的是梁山伯和祝英台的化身，就急忙把手指放開，那蝴蝶又急急撲着翅膀飛起來了。

「梁山伯、祝英台，你飛吧，你自由啦！」姨母孩子氣地說。妹妹也笑起來了。

表姐在那邊已經捉到了十幾隻蝴蝶了，她把這些「勝利品」放在一個透明膠袋裏，拿來給我們看。啊，有大的鳳蝶，還有其他小的。我請姨丈把牠的名字說出來。

姨丈說：「我也不全懂，只知道那小的是菜粉蝶，牠素衣白裙，很容易認，也是蝴蝶中最應該逮捉的，因為牠的幼蟲就是專吃菜葉的菜青毛蟲，是農人的大敵。還有那不大不小的是挾蝶，牠是最常見的蝴蝶，常常在花間飛舞。看，有一隻最小的，只有半隻尾指那麼大，那是蝴蝶中最小的，叫做灰蝶。」

這時候，表姐又趕來了，她大叫說：「我捉到一隻像片枯葉的蝴蝶！」

她拿來給大家看，真奇怪，那蝴蝶合起來，翅膀像一片枯葉，還有清楚的葉脈和枯葉的斑點，但牠張開翅膀，裏邊卻十分美麗。

姨丈說：「這叫做擬態*，這種蝴蝶叫做木葉蝶，是昆蟲世界中最有名的擬態昆蟲，牠靜止時像片枯葉，可以避過敵人的眼睛呢！」

我們都覺得有趣極了，我實在喜歡木葉蝶靜止和飛翔時的兩個樣子，牠靜止時像片枯葉，飛翔時才露出牠美麗多姿的翅膀。

這天，我們收穫豐富，也玩得開心，到下午才乘車回家去。表姐把木葉蝶送給我。媽媽說：「這也有意思，這木葉蝶提示我們不要炫耀自己的才華，你看牠把美麗的一面藏起來，把枯黃的一面露在外邊呢！」我覺得媽媽的話真有意思。

---

*擬態：一種生物模擬另一種生物或環境中的其他物件，並從中得益，例如減低被捕獵的機會，或者吸引獵物等。

　　張潤年有個可愛的妹妹，今年才四歲，她的笑話不少。那天，潤年正在聚精會神做功課，他的妹妹緊張地走過來，拉着他的手，神秘地説：「哥哥，那兒有鬼呀，有鬼呀！」

　　潤年放下筆，隨妹妹去看看，妹妹帶他來到茶几旁，指着茶几靠牆的隙，説：「裏邊有鬼呀，我看見一隻大鬼爬進去了！」

　　潤年輕輕移開那茶几，一隻蟑螂很快地竄出來，妹妹嚇得退後，潤年急忙舉起拖鞋就打，「啪」的一聲，蟑螂被打得漿水塗地。

　　潤年説：「那不是鬼，你為什麼叫牠做鬼？那是甲由呀！」

　　妹妹看見哥哥打死了蟑螂，目瞪口呆。哥哥連忙説：「別怕，那是害蟲。」潤年知道妹妹膽子小，把她拖開，他又去做功課了。

　　過了好一會兒，妹妹又來，又是神秘地説：「哥哥，你看，大扎扎引來了很多

小扎扎呢！」

潤年笑説：「不是扎扎，是甲由，怎麼又來了小甲由嗎？」

潤年跑出來看，啊，剛才被打死的蟑螂，引來了一羣螞蟻，有的已經扛着一條蟑螂腿，高興地沿着蟻路回窩了。

潤年對妹妹説：「那些不是小甲由，是螞蟻。螞蟻來找食物，牠們找到啦！」

妹妹蹲下來細看説：「螞蟻愛吃甲由，就好像我愛吃叉燒。」

潤年笑了，真的，那赤紅的蟑螂腿，在螞蟻的眼裏也許就是燒烤的肥肉吧。

這時候，媽媽經過，看見兩個孩子蹲下來看什麼，細看一下，她叫道：「啊，多麼髒呀！別看別看，讓我來找殺蟲水，你們走開。」

媽媽拿出殺蟲水噴幾下，就用掃帚把死蟑螂和死螞蟻掃掉。

妹妹卻喋喋不休的問媽媽説：

「媽，哥哥説甲由是害蟲，螞蟻吃甲由，但為什麼連螞蟻也殺死呢？」

「甲由和螞蟻都是不衛生的東西，都要消滅。」媽媽沒耐性再説，補充一句道：「你還不明白，問哥哥吧！」

潤年做好了功課，妹妹就去纏着他，問道：「哥哥，你說說吧，甲由和螞蟻怎樣不衞生？」

潤年記起他上學期的自然課本有講甲由的，便爬進牀底去找那舊書箱。他把舊書箱從牀底拉出來，啊，舊書箱裏一下子爬出了十隻八隻甲由，潤年忙說：「快！快拿殺蟲水來！」

妹妹跑到廚房，拿了殺蟲水遞給哥哥，哥哥用手帕包着鼻和嘴，像個蒙面大盜，妹妹覺得好玩，也學着這打扮。哥哥再輕輕翻動那舊書箱，果然又跑出了幾隻。

「殺呀！」哥哥用力噴出殺蟲水，向四散逃跑的甲由猛噴，一時煙霧四射，但那些甲由好像不怕亂槍的亡命

客，有的一下溜回牀底，有的「負傷」逃跑，最後只有一隻翻轉了身體，抖動着六條腿。

妹妹嚷着：「它們不怕殺蟲水，沒有用。」

這可驚動了媽媽，她跑來一看，説：

「殺蟲水不能亂噴，走走走，走出房間，讓我來吧。」

「媽！」哥哥叫道：「書箱裏一定還有很多甲由。」

媽媽索性把書箱拉出屋門外去，把書箱翻轉，這一下子，有幾十隻甲由從書箱裏向四面八方逃竄，有的爬向外邊，妹妹把守着屋門，亂踏着腿，把要跑回家的甲由都踏死。妹妹高興地大叫：「哥！我比殺蟲水還有用！」

經過一陣混亂，甲由死的死，跑的跑，只剩下那一堆書，媽媽和潤年翻着地上的書看看，書上都黏滿着甲由蟲卵。

媽媽説：「我本來打算把你的舊書留下，讓妹妹將來用的，看樣子，只好都把它掉棄了吧。」

剛巧，這時候潤年的爸爸下班回來，看見門前一堆倒亂的書，書箱拋在一旁，還有潤年和妹妹蒙着臉，不禁詫異地問：「怎麼啦？發生什麼事？」

媽媽失笑説：「剛才全家總動員，跟甲由大戰了三百回合！」

妹妹看見爸爸，上前嚷着：「爸爸，我比殺蟲水有用，

你看我踏死很多甲由。」

潤年和妹妹跟着爸爸進屋去，留下媽媽善後。

爸爸換了衣服，喝了一杯茶，然後問妹妹説：「告訴我，是怎麼一回事，你怎麼比殺蟲水更有用呢？」

妹妹就把剛才哥哥噴殺蟲水，只打死一隻蟑螂的事説一遍。爸爸説：「人類發明強力殺蟲水近一百年了，也許蟑螂經過了幾百代之後，已經漸漸適應了殺蟲水，並且產生了抵抗殺蟲水的能力啦！」

潤年説：「爸爸，你跟我們説説甲由吧，剛才妹妹問我，我也答不上。」

爸爸説：「甲由的正式名字叫蟑螂，是室內常見的一種害蟲，喜歡偷吃飯菜、糖餅、水果，甚至是糞便、痰液，所以蟑螂也能攜帶痢疾、傷寒、結核等病菌，傳播疾病。此外，牠還能損害書籍、衣服，所以蟑螂是人類的敵人。」

爸爸説完了，拿出一個空的汽水瓶，往瓶裏倒一點糖水，然後放在廚房碗櫃一側的牆角。爸爸説：「今天晚上，我們可以活捉到一些蟑螂來觀察研究了。」

吃過晚飯以後，大家看了一會電視，妹妹就問道：「爸爸，看看那汽水瓶吧。」

爸爸拿出那汽水瓶，啊，果然瓶裏爬進五六隻蟑螂，牠們拼命要爬出來，可是瓶壁陡斜，牠們爬一會又墮到瓶

底去了。

爸爸把瓶子放在燈下，大家圍着看，裏邊有兩隻大蟑螂都有翅膀的，一隻尾巴還夾着一個長長的蟲卵，其他四隻小蟑螂，卻沒有翅膀。爸爸說：「那大的就是成蟲，那些沒有翅膀的叫若蟲。蟑螂的一生可分為卵、若蟲、成蟲三個時期。你們看，一隻雌的蟑螂尾端夾着的，就是卵鞘，每個卵鞘裏邊含有十六個到四十個小卵，卵經過一個月左右，就可孵化成若蟲，再經過半年左右，若蟲才會變成有翅膀的成蟲。成蟲能活半年，一生可產四個到七十個卵鞘。」

媽媽聽了也挺有興趣，她說：「我們將放在廚房裏的調味品都包好蓋好，食物都放進冰箱，既然沒有食物，為什麼還能養這麼多蟑螂呢？」

爸爸說：「蟑螂很能耐飢餓，不吃東西兩個月也不會死。而且蟑螂又貪食成性，不論香、臭、髒的東西都吃，如果我們在廚房裏留下一點垃圾，已經可以叫牠們吃個飽了。」

潤年說：「啊！我們可以利用蟑螂貪吃的習性，用有毒的東西來毒死牠們呀！」

爸爸說：「藥房裏早有這種殺甲由藥出售了。」

媽媽聽了，就到樓下的藥房買了一包回來，裏邊是黑

色的糖膠似的東西，媽媽把這些藥分幾堆放在廚房和牀底的一角，爸爸說：「這叫做乘勝追擊，我們明天會看見奇景了。」

半夜，潤年醒來，他亮了燈，看看地上，嚇得驚叫起來，把爸爸媽媽和妹妹都叫醒了，原來地上滿是六腳朝天的死甲由，看看廚房，更是「屍骸遍野」，爸爸媽媽急忙起牀打掃，掃出了一大堆。

潤年說：「昨天妹妹把甲由叫做鬼，現在看來，那些甲由真是鬼一般可怕啊！」

這不是童話吧？那一天，我偶然拾到一本日記簿，翻看了幾頁，就懷疑這是不是日記，但是，它裏邊寫得那麼清楚，有日期，有天氣，每一頁都那麼真實，它不是童話吧？朋友，我把這拾來的日記刊登出來，讓你們來鑒別好了。

八月九日　晴

今天，阿別里拍拍我的頭，說道：「占占，我們走運了！班主說接到香港一封來信，邀請我們到那邊去表演，我們可以遊埠了！」我不懂香港是塊什麼地方，只知道阿別里是難得這麼高興的，他每天太陽還未出來就去割草，把草搬來給我們吃，跟着就替我們打掃地方，把我們一天拉的糞便清掃乾淨，接着又帶我們到河邊洗澡，有時還拿着長柄刷子替我們刷去皮上的污垢，這樣，看他弄到筋疲力倦了，才是他午飯的時間，可是他還要拿着飯碗在太陽下到處跑，看我們誰有病態，就忙去報告班主。阿別里真的辛苦極了，你看

太陽把他的皮膚曬得有多麼黑，看他的臉頰瘦得有多麼深陷，你就知道他根本沒有好日子過，我和媽媽還有其他姑姑叔叔都同情他，所以當他指揮我們表演的時候，我們乖乖地聽他的話，好讓觀眾多喝彩幾次，讓班主多讚他幾句，賞他一點點什麼，我看見他快活，我也就快活了。

阿別里還是絮絮不休，輕輕拍着我的頭，説：「占，你也高興吧！香港是個花花世界呀！比我們曼谷還漂亮，更別説我們這鄉下地方了，那裏的霓虹燈，閃呀閃的，睡覺有軟牀，房裏有七彩的電視，我想，你們也許不用吃草，可以天天吃香蕉，幾十籮的擺到你面前任你吃個夠，説不定還有幾十桶鮮牛奶，讓你們早晚當水喝，哈哈，香港呀香港，我們快要到你的懷抱裏了！」

阿別里越説越高興，拉着我的長鼻子舞來舞去，媽媽也走過來，翹起鼻子替他高興。我不知香港是怎樣子，只記得去年到曼谷表演，表演後有一小隊人在班主帶領下，到我們這兒來，聽説是從香港來的遊客，一個看上去臉皺了皮但還敷上厚厚胭脂白粉的人走到我面前，嘰嘰咕咕地給班主説什麼，然後班主下令我跪下，把鼻擺幾下，我照做了，那個人就從她的手袋裏找了一點什麼給我吃，我嚼一下，覺得又苦又辣，忙噴出來，那些人都彎了腰的哈哈大笑。原來她給我吃一顆有酒在中心的巧克力，那真惡作劇，可是，那些從香港來的人呀，卻拿這惡事來尋開心，所以，香港在我的記憶裏，實在不是好東西，不過，看阿別里高興，連媽媽也像有點高興，我也就高興了。

八月二十八日　陰

在船上顛簸了十多天，真不好受，這就是叫阿別里開心得又叫又笑的「遊埠」嗎？我真懷疑，我第三天開始受不住了，橫躺在甲板上。後來看見阿別里，才知道人也一樣，聽説他還嘔吐暈眩。

今天，船終於停下來了，來到香港了！幾個人把我們趕到一個平台上，平台慢慢升起，把我們吊到上空，然後就移到岸上去了，我看不見閃呀閃的霓虹燈，也看不見幾

十桶鮮牛奶等着我們當水喝，卻聞到刺鼻的臭汽油味，隆隆的聲音，還有很多煙塵飛揚在眼前。我和媽媽跟叔叔一起運上了一架大貨車裏，帆布罩掩蓋了外邊的天日，我就糊裏糊塗被運到一塊爛地上去，這樣的爛地怎麼是我們住的地方？地上有些碎「石屎」，有些破玻璃瓶，有些爛鞋，有些爛竹籮，有些煙屁股……什麼破爛也有，就是沒有一根青綠的草，看看四邊架起的竹棚，把我們圍着，抬頭還看見一些高樓，高樓上邊的山腰是破木屋……啊，這就是阿別里説得天花亂墜的香港麼？

我看見阿別里了，他不像在清邁的那樣赤光了上身，而是穿着白得發亮的襯衫，卻映得他的皮膚更黑黢了。他輕輕拍拍我的頭，撫撫我的鼻子，説：「占占，我知道委屈你們了，看見這塊爛地，我們都很不滿意呀，但聽班主説，香港邀請我們來的人説，香港的土地比黃金還貴，説什麼：一尺金一寸土，我們能在這塊窄小的爛地來表演算是上賓了呢！他們待我們還好，我就住在不遠的一家酒店裏，有自己的軟牀，有陣陣涼的冷氣，這算不錯吧！」

阿別里看樣子還很高興，那麼，算了吧。記得媽媽對我説過，我們來自大自然，自然界有一條戒律，就是要隨遇而安，適應環境。看看媽媽，幾天沒有吃過青草，還是那麼安詳，環境要我們吃那些乾乾的餅食，就照樣嚥下肚

去吧！只希望過幾天，就會遇上阿別里給我們形容的日子：幾十籮香蕉送來任我們吃個夠，幾十桶牛奶送來給我們當水喝。

　　九月二十八日　雨

　　下了幾天雨，聽說因為颱風不成的緣故，我擠緊在媽媽的肚子側，瑟縮在那破爛的帆布帳下，地上淌了一大灘水。唉，真要命，這個月簡直沒有吃過一頓飽的，媽媽知道我熬不下去，每次都把自己的分一半給我，我不肯吃，她就塞進我的嘴，我忍不住飢腸咕咕叫，也就張嘴把媽媽的半分也吃了，但是，說實在的，吃下那一半還不飽啊！阿別里就在我們的隔鄰，夜裏我常常聽見他的歎息聲，他只是住了軟牀一個多星期，就給趕出來了，聽說因為班主付不起昂貴的房租，那些陣陣涼的冷氣，那些軟綿的牀褥，我早就知道不是阿別里住的地方。其實，我們是盡力表演的，來看的觀眾雖然不多，但聽他們的掌聲，我知道我們的表演還是能夠討他們歡喜的。看見了阿別里，我們誰都要心腸軟，乖乖聽他指揮，望他贏得喝彩。

　　我昨天聽阿別里自言自語說：「觀眾雖然少一點，但應該還賺得旅費回去吧，為什麼說回家也成了問題？」我聽見真的十分恐慌，啊，我想念清邁，我想念那塊我認識

的草地，想念我常到的湄南河邊，我們一定要回去啊！聽着雨水打在帳篷上，淅淅瀝瀝，我真的煩悶透了，唉，我又聽見隔壁傳來歎息的聲音，阿別里，你不要歎氣，希望明天天氣放晴，你像在清邁那樣，到外邊去打起鑼，高聲叫人來看大笨象跳舞吧，為了籌集回家的旅費，我們一定能抵受着飢餓，忍着淚水，在人前強顏地跳……阿別里，不要歎息啊！

　　　　十月廿五日　晴

　　這是什麼日子？雖然陽光遍地，但是，我覺得陰霾四布！啊，阿別里你為什麼騙我！我知道我的媽媽前天已經死了，是活活餓死的，她患的是營養不良症，這些我都知道了，那是前天幾個掛着相機的人在我面前議論時我聽清楚的！阿別里，我看見你乾瘦的身軀，你騎着我的時候我就覺得你的體重輕得多了。這是什麼地方？花花世界？霓虹燈一閃一閃？唉，那是閃着鬼眼睛吧，我永遠記得我的媽媽就是死在這個地方！有隻飛過的鳥兒告訴我，這遊樂場以前也有過一隻大象的，他被鐵鏈鎖在幾十尺的地方，像個奴隸，天天只等人乞憐，送來一些爛香蕉，還常常有些頑童，會用難嚥的東西騙他吃……他就這樣慢慢折磨死了。阿別里，你什麼時候帶我回去，回到我的湄南河畔？

你為什麼天天哄我，說再演一場，再努力演一場，只欠一場就夠旅費了。唉，這樣一場又一場，那些旅費的錢哪裏去了？我的媽媽已經心力交瘁完了，我還年輕，你還年輕，阿別里，不要夢想那軟墊牀吧，不要夢想那七彩電視吧，請帶我回去，請帶我回去啊！

朋友，這本日記就是有這麼幾頁，後邊有幾頁給撕掉了，再餘下幾頁是空白的，這本日記簿就這樣遺落街上。寫日記的是人麼？是獸麼？真奇怪，我實在不會鑒別了，請你們來判別吧。不過，我再說一遍，這不會是童話，這應該是真實的故事。